琼 瑶

作 品 大 全 集

青青河边草

琼瑶

著

作家出版社

琼瑶，本名陈喆，作家、编剧、作词人、影视制作人。原籍湖南衡阳，1938年生于四川成都，1949年随父母由大陆赴台生活。16岁时以笔名心如发表小说《云影》，25岁时出版首部长篇小说《窗外》。多年来笔耕不辍，代表作包括《烟雨蒙蒙》《几度夕阳红》《彩云飞》《海鸥飞处》《心有千千结》《一帘幽梦》《在水一方》《我是一片云》《庭院深深》等。

多部作品先后改编成为电影及电视剧，琼瑶也因此步入影视产业。《六个梦》系列、《梅花三弄》系列、《还珠格格》系列等，影响至深，成为几代读者与观众共同的记忆。

琼瑶以流畅优美的文笔，编织了众多曲折动人的故事。其作品以对于梦的憧憬和爱的执着，与大众流行文化紧密结合，风靡半个多世纪，成为华文世界中极重要的文学经典。

我为爱而生，我为爱而写

文字里度过多少春夏秋冬

文字里留下多少青春浪漫

人世间虽然没有天长地久

故事里火花燃烧爱也依旧

　　　　　　　　复礼

第一章

民国十五年，河北宛平县，一个名叫东山村的小乡镇。

这正是初春时节，北国的春天，来得特别晚。去年冬天积留的冰雪，才刚刚融化。大地上，有一些零零落落的小杂草，挣扎着冒出了一点点儿绿意，但在瘦瘠的黄土地上，看起来可怜兮兮的。几棵无人理会的老银杏树，伸展着又高又长的枝丫，像是在向苍天祈求着什么。

小镇的郊外，看来有些荒凉。但是，这天的天气却很好，艳阳高照。把山丘上的岩石，都照得发亮。阳光洒下来，白花花的，闪得人睁不开眼睛。

对杜青青来说，阳光、春天，离她都很遥远。因为，她现在正坐在一顶大红花轿里，被七八个粗壮的轿夫，抬向白果庄的胡老头家里。她今年十八岁，胡老头五十八岁，正好比她大了四十岁。这还没关系，胡老头家里，已经有了一个大老婆，四个小老婆，她娶进门，将是第六个。对于这样的婚姻，她当然不可能同意，一切都是哥哥嫂嫂做的主。谁叫她从小没爹没娘，依靠着哥哥嫂嫂过日子。如今，她竟成了兄嫂的"财产"。

花轿摇摇晃晃地前进着，吹鼓手在前面吹吹打打，吹打得十分热闹。北方的习俗，抬花轿的轿夫，常常随着鼓乐声，唱着一首歌，歌名叫《摇花轿》。歌词往往是兴之所至，信口诌来。轿夫一边唱着，一边随着节奏，拼命地摇着花轿。目的是摇得新娘七荤八素，好向喜娘讨赏钱。现在，轿夫们就兴高采烈地唱着歌，同时兴高采烈地摇着花轿，唱得起劲极了，摇得也起劲极了。胡老头娶小新娘，不用说，这赏钱一定丰厚。他们跨着大大的步子，用浑厚的声音，大声地唱着：

　　　抬起花轿，把呀把轿摇！
　　　花轿里的新娘子，你听呀听周到，
　　　花轿里的新娘子，你听呀听周到；
　　　要哭你就使劲地哭呀，要笑你就放声地笑！
　　　要骂你就骂干娘呀，要叫你就叫干佬！
　　　办喜事呀，就兴一个闹，看我今天把你摇。
　　　嗨嗨咿个呀嗨，呀嗨咿个呀嗨……
　　　看我把你摇。哭哭笑笑，哭笑人兴旺！
　　　骂骂叫叫兴致高，兴呀兴致高，
　　　骂骂叫叫兴致高，兴呀兴致高！
　　　摇得轿杆嘎嘎地响呀，
　　　摇得新娘蹦蹦地跳！摇得像那拨浪的鼓呀，

摇得东歪又西倒！摇得新娘的花粉往下落，

摇得媒婆掏腰包。嗨嗨咿个呀嗨，呀嗨咿个

呀嗨……

媒婆掏腰包。新娘子牙，你呀你别哭，

新娘子你快快笑，快牙快快笑，

新娘子你快快笑，快呀快快笑！

你坐花轿我来抬呀，我摇花轿为你闹。

你坐花轿我来摇呀，我摇花轿为你好。

摇得那，花儿早结子，

摇得龙蛋……呀呼嗨嗨，呀呼嗨嗨……那个往

下掉！

　　青青坐在花轿里，已经被摇得头昏脑涨了。她既无心情来欣赏轿夫的歌喉，更无心情来倾听那歌词。她全部的思想，都集中在一件事上：不知怎样可以逃出这顶花轿？还有，就是小草……小草现在在哪里？可曾逃出她表婶的掌握？可曾在她们约定的土地庙前等她？

　　小草，小草是一个女孩儿的名字。她今年只有十岁，却是青青这一生唯一的朋友和知己。小草和青青一样，都自幼失去了爹娘，都是无家可归、寄人篱下的苦孩子。青青有对唯利是图的哥哥嫂嫂，小草有对尖酸刻薄的表叔表婶。

　　说起来，小草实在是够可怜的。她和表叔表婶的关系非常遥远，她之所以会住到这北方小镇来，完全是因为海爷爷的缘故。海爷爷没有妻子儿女，远住在南方的扬州。由于种

种原因，不能将这侄孙女儿，带在身边，就远迢迢地寄养在这表侄家里。本来，小草的日子虽然不好过，却也能勉强地挨过去。因为海爷爷每年都来探望她一次，同时也把她的生活费付给表叔。但是，今年，海爷爷没有来。海爷爷不来，小草的生活就如同人间地狱。每个日子，都是泪水堆积出来的。小草，就像她的名字一样卑微，乡下人有句俗语：生儿如美玉，生女如小草。所以，青青一旦决心要逃婚，就不能不带小草同行。

花轿仍然在摇着，轿夫仍然在唱着。走在轿子边的喜娘，已经送过去好几个红包了。喜娘越送红包，轿夫摇得越加起劲。青青觉得，再摇下去，自己的五脏六腑都会摇歪了。掀开轿帘往外悄悄一看，轿子正往榆树岗走去。榆树岗，就是这儿了！和小草约定的土地庙，就在这小山岗里。没有时间让她再迟疑了！错过了榆树岗，想再找有山有树有掩护的地方就不容易了！"喂！喂！停一下！停一下！"她掀开轿帘，不顾一切地喊了出来。"怎么回事？怎么回事？"喜娘慌张地问，轿子停在山间的小径上了。轿夫们收起脚步，停住歌声，纷纷拉起脖子上的毛巾，拭着汗水。"喜娘，你过来！"青青钻出了轿子。

"怎么下轿了？"喜娘一脸的惊讶。

"不下轿不成呀！"她把喜娘拉近，附耳悄语了几句。

"哎哟！"喜娘笑了，这可是没办法的事，"快去快回呀！不要跑远了，到那棵大树后面去就行了！"

轿夫们明白过来了，哄然大笑起来。

青青用手扯着头上的喜帕，从喜帕底下向外面张望。还好没戴上沉重的凤冠，否则要跑都跑不了。她迅速地四下打量，果然，前面有一棵大榆树，先跑到榆树后面再说。她匆匆忙忙地奔向榆树，心脏像擂鼓似的怦怦跳着。此时才觉得一切的计划实在太大胆，简直不敢想象，万一逃亡失败要怎么办？她一脚高一脚低的，总算奔到了大树后。身子后面，响起轿夫们粗犷豪迈的大笑声：

"新娘子给我们这样一摇一闹，给摇得闹肚子了，哈哈哈哈……"青青隐在树后，伸着脖子往花轿的方向看去，只见轿夫们解下腰间的酒葫芦，已经大口大口地喝起酒来。此时不跑，更待何时？青青心一横，弯着腰，飞快地向山后奔去。早在三天前，她已和小草勘察过榆树岗的地形。但，事到临头，她却连东南西北都顾不得了。跑啊跑啊跑……抛掉了喜帕，她迈开大步，从来不知道自己能跑得这么快。

"哎呀！不好了！新娘子跑掉了！"喜娘一声尖叫，吓得青青魂飞魄散。跑啊跑啊跑……她脚不沾地，绕过树丛，翻过岩石，穿过荆棘……一直往后山的小土地庙跑去。心里疯狂般地祷告着：观音菩萨啊，玉皇大帝啊，你们保佑我逃得成啊，还要保佑小草没出差错啊……

"追啊！大家快帮忙追新娘子啊！如果给她跑了，我怎么向胡老爷交代呀！"喜娘呼天抢地地嚷着。

"追啊！大伙儿追啊……"轿夫们撒开大步，追将上来。

跑啊跑啊……青青早已跑得上气不接下气。

"青青！青青！"蓦然间，小草从土地庙旁窜了出来，手里挥舞着一个小包袱，又跳又叫，"你怎么到现在才来？我已经等得快急死了……""别叫！谢谢老天，你在这儿……"青青一把拉住小草的手，没命地就往山下急冲而去。

小草来不及再说任何话，就跟着青青一阵没头没脑地狂奔。这一番亡命奔逃，在青青和小草的生命里，是一件旋乾转坤的大事，从此改写了两人的命运。不，她们不只改写了她们两个的命运，还改写了何世纬的命运。

就在青青带着小草奔逃的同时，何世纬正躺在一辆马车里睡觉。何世纬，毕业于北京大学，出身于书香门第，是北京望族何远鸿的独生子。从他出生到现在二十四年以来，这还是他第一次离开北京出远门。他的目的地是广州，当时，广州正是知识青年趋之若鹜的地方。到底去广州要做些什么，他并没有确切的打算。只知道，唯有快速离开像温室一般的家庭，才能找到独立的自我。为了怕父母阻挠他的追寻，他只好留书出走。又怕家丁们发现他的行踪，而把他追回家去，他不敢去车站，拎着一口大皮箱，他一路步行，到了这东山村的郊外。就在他已经走得筋疲力尽的时候，他看到了那辆马车。这是一辆农民们工作用的马车，既无车篷，也无座位。它停在一个农庄门口，车上堆满了稻草。车夫大约去吃饭了，四周没有半个人影。那匹瘦瘦的马儿，自顾自地咀嚼着干草，甩着它大大的尾巴。何世纬见此，心中不禁一喜：管他呢，先去稻草堆上躺躺再说。等会儿马夫来了，再和他商量，搭一段便车。于是，何世纬爬上了马车，把自己那口皮箱枕在脑袋下面，他钻进了草堆。他只想稍稍休息一下。但，他太累了，四肢一放松，竟然沉沉睡去。

车夫什么时候回到车上的，他并不知道。车夫也没发现车上多了一个人，上了驾驶座，就径自拉动马缰。车子开始慢慢吞吞地、不慌不忙地往前走去。那轻微的摇晃，使何世纬睡得更加沉酣了。他是被一阵喧闹之声惊醒的。只听到一个小女孩的声音，急促地、喘息地却是十分清脆地大嚷着：

"青青！青青！有马车！有马车呀！我们快跳到车上去！快呀……"一阵脚步杂沓。有人攀住了车缘，车子晃动了一下，另一个女孩急迫地大喊着："跳！跳！跳！跳啊……"

说时迟，那时快，突然之间，就有个女孩跃上车来，重重地压在何世纬身上。何世纬这一惊非同小可，不禁失声惊叫："哇呀……"他这样一"哇呀"没关系，那小女孩吓得差点又跌下车去。嘴里跟着他大叫："哇呀……"一连两声"哇呀"，把那正攀住车缘往上爬的青青硬是吓得摔了一跤。小草急忙伏在车板上，对车下的青青伸长了手：

"青青！快上来啊……把手伸给我！快啊……"

何世纬震惊地看过去，只见到青青狼狈地爬起身，没命地追着马车跑。在青青的身后，隐隐约约还有很多追兵。一时之间，何世纬有些迷糊，完全搞不清楚状况。但是，出于一种本能，他想都没想，就对青青伸出手去，大声喊着：

"这儿这儿！手给我，我拉你上来！"

青青伸长了手，在世纬和小草奋力拉扯之下，连滚带爬地上了车。"快！快！"青青喘吁吁地急喊，"有人追我！让马跑快一点！我非逃不可，被捉回去就没命了！"

世纬回身一跃，上了驾驶座。

"车夫！救人要紧！我等会儿付你车钱！"他不知为何，很相信青青是在生死关头。一把抢过缰绳，他大声呐喝："驾！驾！驾⋯⋯"事生仓促，车夫见车上突然冒出三个人来，简直是目瞪口呆。马儿在呐喝之下，撒开四蹄，如飞而去。马车扬起好一阵的灰尘，车轮滚滚，只一会儿工夫，后面的追兵，已完全看不见了。青青、何世纬、小草三个人，就是这样遇在一起的。人生所有的故事，都是从一个"遇"字开始的。他们的故事也不例外。

第二章

对何世纬来说，遇到青青和小草，不但是一个大大的意外，而且，是一连串"麻烦"的开始。

"麻烦"必须从头说起。

那天，那惊慌的马车夫如此愤怒和抱怨，使何世纬狠狠地破了一笔小财，才把他给打发了。当车夫扬长而去，何世纬才发现，他们三个，正站在一条黄沙滚滚的乡间小路上，前不着村，后不着店。时间大概已是午后两三点，何世纬早已饥肠辘辘。他看了看青青和小草，此时才觉得这一大一小两个女孩子有些诡异。小草一身粗布衣裤，背着个小布包袱，虽是衣衫简陋，却长得明眸皓齿，楚楚动人。青青就十分奇怪了：一身红衣红裳，上面还绣着花花朵朵，头发梳得亮光光的，绾着发髻，鬓边还插了朵大红花。这种装扮，对生长在深宅大院里的何世纬来说，实在是挺陌生的。这青青姑娘，看来不过十七八岁，怎么涂脂抹粉擦口红？乡间的姑娘，不是应该荆钗布裙，不施脂粉的吗？何世纬一肚子狐疑，忍不住问："刚刚那些追你们的人，到底是谁？他们为什么要追你们呢？"

青青还来不及回答，小草已经天真地接了口：

"他们是追青青的，因为青青不能嫁给胡老爷……"话还没说完，青青一伸手，就拉住了小草，阻止地说：

"别跟人家说这些！又不认得人家！"

哦？刚刚还要人救命，现在又不认得人了？何世纬心中掠过一抹不满的情绪。心想，我还没嫌你来路不正，你倒先嫌弃我来了！也罢，这时代好人做不得。目前，自己已经自顾不暇，又何必多管闲事？想着，他就冷冷地开了口：

"不说就不说，我也没时间没心情来管你家的事！现在，你们走你们的路，我走我的路！再见！"说完，他掉头就走。

"喂喂喂！"才走了几步，身后又传来那位青青姑娘的呼喊声，"等一下！等一下……"

"怎么啦？"他站住，回头问。

青青牵着小草，三步两步地追上前来。

"是这样的，"青青碍口地说，"我们身上都没有钱，我看你带的钱还不少，不知道可不可以……可不可以……"青青突发奇想，迅速地摘下手腕上的金镯子，脖子上的金链子，和耳朵上的金耳环："我拿这些东西，跟你当当，你当一点钱给我，好不好？""当当？"此事实在太新鲜了，太不可思议了。"你看我像开当铺的是吧？"他没好气地问。

"那么……那么……"青青更加碍口地说，"我把它们卖给你!""卖给我?"何世纬啼笑皆非,"你看我像开金铺的是吧?"

"你这人怎么这样难缠?"青青有些恼怒起来,"总之,就是我们没有钱,拿这些跟你换一点钱用嘛!"

"那么……"何世纬去掏口袋,"我帮助你们一点钱就是了,用不着当你的首饰!"

青青立即倒退了一大步。

"不!"她坚决地说,"要么,东西你拿去;要么,就算了!"

脾气还挺坏的呢!何世纬收起了钱袋。

"好吧,那我们就各走各路了。"

他往前走去。走了一段,听到身后有脚步声。回头一看,两个女孩子默默地跟在他后面。

"喂!你们到底是怎么回事?一个大姑娘带着一个小姑娘到处乱跑是不对的,你们为什么不回家去呢?"他不耐地说,"拜托你们别跟着我行不行?"

"可是,可是……"小草嗫嗫嚅嚅地开了口,"我们已经没有家了!""没有家?"何世纬怔了怔,"好端端的人,怎么会没有家呢?""是这样的……"小草刚说了一句。

"不要跟他多说了,"青青又扯住小草,"你没看到他一脸凶巴巴要吃人的样子吗?"

"哈!"他快被这不讲理的、莫名其妙的姑娘给气死了,"我凶巴巴要吃人?我看你才莫名其妙呢!也不知道为什么被人追得满山跑,身上的首饰,也不知道来路正不正……"

"哼!"青青脸色都发绿了,"小草,我们走!"

"不行呀！青青！"小草急急地说，"就这么一条路，如果我们往回走，你又会被胡老爷捉去当小老婆的！我们只能往前走呀！"说着，她就挣脱了青青的手，直冲到何世纬的面前，仰着小脸，很认真地、焦急地说："那些首饰，是青青的聘礼，不是我们偷的。青青被杜大哥卖给胡老爷当老婆，可是胡老爷已经有好多好多老婆了，青青没办法，才跳下花轿逃走的……""什么？"何世纬大吃了一惊，从花轿上跳下来逃走？他定睛对青青看去，这才恍然大悟，那一身绣花的红衣，根本就是农村姑娘的新嫁裳嘛！怪不得她搽胭脂抹粉的。何世纬对于自己曾有过的揣测，不禁感到一阵汗颜："你就这样跳下花轿逃走？真的吗？"青青抬眼看看何世纬，微微嘟了嘟嘴。

"反正就是没办法嘛，那胡老头比我大了四十岁，怎么能嫁嘛？前几天就想跑了，可是被我哥哥嫂嫂锁在房间里，一点机会都没有……只好等花轿来抬的时候，半路上找机会跑……谁知道那些轿夫会一直追过来！"

"那么，"何世纬无法置信地看看青青，又看看小草，"你们两个是姐妹吗？""不是的，"答话的是小草，"我们是邻居，住在紧隔壁。不过，青青好疼我，对我比亲姐姐还亲……"

"这又是没办法的事，"青青接话，一脸的"理所当然"，"我们都没爹没娘，我可怜，她比我还可怜！小小年纪，成天叫她表叔表婶使唤来使唤去，挨打挨骂的。平常我看不过去，能帮着就帮着点儿，现在我一走，谁还来帮她？所以我非带着她不可，就算要跟着我吃苦，好歹赛过跟着她表叔表婶。"

小草仰着脸，专注地看着青青，满脸依恋之情。何世纬不禁听得呆了。对这两个女孩儿，打心底感动起来，也佩服起来。"那么，你们预备逃到哪儿去呢？"

"我有个海爷爷，"小草热心地回答，"那也是真疼我的人。他住在扬州一个叫傅家庄的地方。本来每年过年的时候，他都会来看我的，今年不知怎么了，他一直没有来。我们现在就要找他去！"何世纬实在惊奇，扬州！那儿远在江南，这两个女孩子身无分文，竟想远迢迢走到扬州去！他怀疑，这青青和小草，大概连一点儿地理常识都没有。扬州在东南西北哪个方向，恐怕都不知道。他正沉吟中，青青已经沉不住气了。她往前一冲，手里还托着她的金项链、金手镯。

"喂喂！"她气急地说，"你问东问西，问了个大半天，我们把所有的事都告诉你了，你现在到底帮不帮忙？肯不肯当当呢？"搞了半天，她还要当当啊？何世纬瞪视着青青，一时之间，没有反应过来。"我看你根本就无心帮忙，"青青忽然生起气来，"算了算了，小草，我们走，不要理他了！"她拉着小草就要转身离去。

"可是，可是……"小草急切地说，"我们往哪儿走啊？"

"反正不跟他走一路就对了！"

怎会有脾气这么坏的姑娘呢？何世纬心中有气，还没说什么，小草已一把抓住青青，哀求似的说：

"你怎么突然就生气了呢？我看这位大哥哥是好人……"

"那可不一定，"青青接话，"藏在马车上，带着口大皮箱，谁知道他打哪儿来的？""很好，"何世纬忍着气说，"我是坏人，你别理我。小草，你过来，我有话跟你说！"

小草很快地往前走了一步。

"你们要当当是吧？我不想跟你这个凶姐姐做生意，但是，我可以跟你做，你有什么东西，可以当给我的吗？"

"我？"小草神色一黯，"我什么都没有呢！"

"想想看，什么东西都成，随便什么都行！"

"我……我……"小草突然想到什么，从领口拉出一个贴身荷包，"我只有这个，是我最宝贝的东西！"

"里面是什么？"何世纬好奇地问。看了青青一眼，此时，青青一语不发，显然，正观望着何世纬葫芦里在卖什么药。

小草把荷包拿下来，拉拉线绳，松开荷包口，把里面的东西倒在路边一块大石头上，一样样地解说：

"这是海爷爷怀表上取下来的链子，海爷爷送给我玩的。这是海爷爷买给我吃的糖，裹糖的纸好漂亮，我舍不得扔。这是海爷爷用过的车票，我海爷爷每年都是坐火车来看我的，所以我觉得很宝贝。这是海爷爷的一根白头发，是我第一次帮他拔的，这是……"小草捡起两颗彩色的玻璃弹珠，两眼闪烁着光彩，十分骄傲地说，"这是海爷爷从庙会上买给我的弹珠，是我所有的东西里最漂亮的了！"她一抬头，发现何世纬紧紧地盯着她看，一句话也不说，不禁心虚起来："你都不喜欢是不是？因为它们都不值钱是不是？"

"不不不！"何世纬急忙说，觉得自己喉咙哑哑的，"我喜欢，我太喜欢了，它们简直是无价之宝！""什么宝啊？"小草听不懂。

"别管它什么宝了，反正我愿意让你当当就是了！"何世纬从口袋里掏出钱来，开始计算，"让我们来算算可以当多少钱……你们要去扬州是吧？扬州要先去天津搭火车，你们需要买车票的钱……这京浦铁路不知道是不是全线通车，如果不是全线通车，就很麻烦了……你们可能要走路，要住客栈，要乘船什么的……"他抬起头，忽然住了口，发现那凶巴巴的青青，这一会儿一点也不凶了，她的眼光痴痴地看着小草的荷包，眼里竟盈盈含泪。那份心痛和难舍的表情，使何世纬的心脏紧紧一抽，说了一半的话，也说不下去了。

青青走了过来，抬眼看着何世纬。

"请你收了我的首饰吧！"她恳求般地说，"就是别动小草的荷包！这些首饰对于我，没有什么重要性，可是那个荷包对小草……""你把我看成什么了？"他面红耳热起来，"我怎么会拿走一个孩子看得比生命还重要的东西？何况这每一件东西里，都有她海爷爷的影子，这孩子所收拾起的，分明是最宝贵的记忆呀！"他帮小草把那些宝贝再一样样收回到荷包里，深深注视着小草说："这些东西还给你，钱呢，算我借给你的，反正，我知道你在哪儿，扬州的傅家庄嘛……"他顿了顿，再看了青青一眼：别惹麻烦，他心里有个小声音在警告着，但，那声音实在太小了，小得没有丝毫作用。他叹了口气，正色说："我看，我们需要找一份地图，好好地研究研究……从这儿到扬州，到底要怎么走？"

地图是从帽儿村的乡公所里找来的。

何世纬一看地图，头都有些发晕。当他摊开地图向两个女孩子解释路径时，这才发现，青青和小草，都不认识字。本来嘛，那个年代的农村姑娘，谁会受教育呢？两个女孩看看地图，就彼此大眼对小眼，一副好无助的样子。何世纬只得不厌其烦地对她们说："记住了，这条铁路并没有办法送你们直达扬州，从天津到静海通车，静海到沧州不通车，你们要走路到德州，然后搭车去济南，济南到徐州应该不成问题，徐州到寿县就要碰运气了。如果火车不通，你们最好去车站搭黄鱼车。记住，到了浦口一定要换船去瓜州，到了瓜州要再换船才能到扬州……你们记住了吗？"青青瞪大眼睛看小草。小草一个劲儿直咽口水。当何世纬对她们疑问地看过去时，小草忍不住地开了口：

"大哥哥，我看你是个很好很好的人，你能不能陪我们去扬州呢？到了扬州，找着我海爷爷，他也可以把钱还给你，这样好不好？"小草仰着小脸，一脸的恳求。

"不好，不好。"他有些急促地说，"我已经为你们耽误了太多时间了！这样吧，我送你们到静海，然后各走各的路！"

他们三个，在静海郊外分的手。虽然小草一直哀声说：

"大哥哥，你真的不跟我们一起走吗？有你做伴儿，我们就不会害怕了！你真的真的不跟我们一起走吗？"

"小草！"青青见何世纬一脸难色，出面阻止，"你不要为难别人了，你还有我呢，害怕什么？""是啊！"何世纬这一路上，和青青拌嘴都拌成习惯了，"小草，你放心，你这个姐姐很厉害的，谁也不敢欺负她的！她一定能把你平安带到扬州，好了，再见！希望你顺顺利利找到你海爷爷！""不管怎样，谢谢你！"青青深深看了世纬一眼，生怕自己表现得太软弱，她重重地甩甩头，拉着小草就往前走去。小草年纪尚小，完全不会隐藏自己的感情，她一步一回首，十分依恋地看世纬。就是这样依恋的眼光，使世纬走了一段之后，又心有不安地折回头来。这一折回头，才发现这两个小姑娘，简直是谁也保护不了谁。因为，青青和小草，才走了短短一段路，就被两个流氓给盯上了。那两个流氓从路边草丛里窜出来的时候，天气已经有些昏暗了。他们把路一拦，四只眼睛都邪里邪气地紧盯着青青，青青立刻知道，麻烦大了。

"你们要干什么？"她戒备地问，"我爹就在附近，你们可别惹我！""好哇！"一个流氓大笑起来，"那你快请他出来，我好见见我的岳丈，给他请安！"说着，他就伸手去捏青青的下巴。

青青往后一退，另一个男子从后面一把握住了她的肩。

"哈哈！这么漂亮的姑娘，咱们村子里就从来没见过！我说今儿个有桃花运嘛，哈哈哈哈……"

"放开我姐姐，"小草开始大叫，"我大哥马上就要来了，我大哥又高又大，一拳就会把人揍扁的……他好厉害好厉害的……""哇呀！"前面那个男子叫，"不得了，还有哥哥呢，快请你哥哥出来呀，让我一起请安……"

话还没说完，斜刺里，何世纬已急冲出来，一拳就挥向那个男子，嘴中大吼着："你们就跟我请安吧！太可恶了……"

"大哥大哥！"小草大喜过望，跳着脚又叫又嚷，"你快揍他们！快揍他们……"这一下变生仓促，两个流氓不禁一呆。但是，刹那间，他们就恢复了神志，顿时大怒起来。

"从哪儿钻出来的冒牌货，敢破坏老子的好事！咱们摆平他！"接下来，是一场大战。可怜，何世纬长这么大，还从没有和人打架的经验，这回是首开纪录。这场架到底是怎么打的，他后来一点都弄不清楚，只知道打得毫无章法可言。而且，因为他实在不怎么厉害，接二连三挨了好几拳头，使青青和小草无法袖手旁观了。她们两个，也卷进了战场，势如拼命。一个死命地扯住流氓的头发，另一个则张开大嘴用牙咬。这一番蛮打蛮干确实"惊天动地"，但是，何世纬却并没有占到任何优势。他只记得，最后，有一个流氓，抄起路边一根碗来粗的大木棍，一棍敲破了他的头，把他当场敲晕了过去。醒来的时候，他躺在一条小溪旁边，青青和小草一左一右，拿了沾水的毛巾，不住地帮他擦着伤口。旁边还围了好几个樵夫在观望。一看到他睁开了眼睛，青青立刻欢呼着说："好了好了，你总算醒了，谢天谢地！"

"大哥，"小草激动得快流泪了，"你好伟大啊，你好勇敢啊！你一个人打他们两个……你救了我们……可是你的头被打破了，怎么办？你疼吗？你很疼吗？"

"放心，"一个樵夫过来拍拍小草，"你大哥是皮肉伤，不会有事的。先去我家休息休息吧！"他注视着何世纬，"幸亏咱们从这儿经过，才把那两个坏东西赶走了。小兄弟，你们兄妹三个，是打哪儿来，要到哪儿去呀？"

"我们……"他想说明，他们非亲非故，也非兄妹，但是，他却说了，"我们从北京来，要到扬州去！"

"大哥……"小草兴奋得涨红了脸，"你跟我们一块儿去吗？""是的！"他握着小草微颤的手，看着青青湿润的眼睛，"我和你们一块儿去！"

第
三
章

　　傅振廷是扬州傅家庄的主人。他今年五十五岁。在扬州，
他是个有头有脸的人物，家财万贯。他除了有一栋极大的庄
园以外，还拥有丝厂、绣厂、茶园和农地。一个像他这么成
功的男人，应该在生命里是没有什么缺陷的。但是，傅振廷
却是个非常不快乐的人。十年前，他的独生子元凯死了，从
此，他就不知道生命里还有什么可以追求的东西。更糟糕的，
是他那可怜的老妻静芝，在早也哭晚也哭的情况下，竟把眼
睛也哭瞎了。静芝眼睛看不见了，脑筋也跟着迷糊起来，必
须靠月娘一步一跟地扶持着。偌大的一个傅家庄，有家丁、
有丫头，婢佣成群，但是，却没有笑声。傅家庄里有的，只
有男主人的咆哮，和女主人的哀啼。这是一个充满了悔恨和
痛楚的地方，一个永远笼罩在死亡阴影下的庄园。

　　这天，傅家庄却来了三个意外的访客。

　　这三个意外的访客，竟带来了一个傅振廷完完全全意外

的结果。当世纬、青青和小草站在傅家庄的大门前，看着那蜿蜒的围墙，和深不可测的庭院时，三个人都有些讶异。如果不是门上清清楚楚悬挂着一块大匾，上书"傅家庄"三个字，世纬一定不敢冒昧打门的。真没想到，小草有如此阔气的亲戚。经过了将近一个月的跋山涉水，三个人都风尘仆仆，世纬尤其显得狼狈，因为，他头上的伤口一直没有好好治疗，现在疼得厉害，而且，四肢无力，浑身发烫。

来应门的是傅家庄的管家长贵。

"你们找谁呀？"他惊讶地问。

"请问，有一位李大海先生，是不是住在这儿？"世纬彬彬有礼地问。"李大海？"长贵这才明白过来，"李大海不在这儿了，走啦！"他说着就要关门。"喂喂，等一等！"世纬急忙用脚顶住门，"什么叫走了？他不是这傅家庄里的人吗？"

"傅家庄里的人？看你怎么说。他姓李，咱们老爷姓傅呢！都是给人当差的罢了！总之，他现在人不在了，走了……"

"怎么走了呢？"小草已急急地跨上前来，"我海爷爷告诉过我的，这里是他的家呀！他怎么会不要自己的家呢？"说着，这孩子就焦灼地大声呼叫起来："海爷爷！海爷爷！你在哪儿呀？我是小草啊！我来找你了！海爷爷！海爷爷……"她忘形地就往花园里冲去。"哎！"长贵勃然变色，"跟你们说人不在了就是不在了，怎么往里面乱闯呢？""小草！"世纬也急忙呼叫，"不要心急，让我们问清楚了再说！""小草！小草！"青青追进了花园，拉住急奔的小草。

正在纠缠不清，月娘扶着静芝过来了，老太太眼睛虽然失明，耳朵却很灵敏："什么事情吵吵嚷嚷的，月娘，你快去看！"

"长贵，什么事？别吓着太太！"月娘喊着。一眼见到世纬等三人，不禁一怔。傅家庄除了隔壁裴家的人常来走动以外，经年累月，都见不着生面孔的。

"对不起，我们是来寻亲的。"世纬上前一步，忙着对两个女士行礼，"这个女孩名字叫小草，是李大海的侄孙女。从北方一路跋涉到扬州来，为的是和亲人团聚，听说李大海已不在府上，不知道能不能告诉我们，他去了哪里？"

月娘还来不及回答，静芝已颤巍巍地走上前来，全神贯注地、非常紧张地倾听着，整个人都陷入某种莫名的兴奋里。

"是谁？是谁？"她喘着气问，"我听到一个年轻人在说话！是谁？是谁？"她摸索着伸出双手，想抓住那年轻人的声音。"天啊！"她喊着，"你在哪里？说话啊！让我再听清楚一点！说话啊……""太太！太太！"月娘一把握住静芝捞着空气的双手，"是三个客人，不认识的，他们是来找大海的……"

"不要拦我！"静芝挣扎着喊，"说话啊！为什么不再说话了？求求你，说话啊……"她哀求地面向着世纬。

世纬实在是太震惊了。他瞪视着面前这瞎眼的老太太，简直不知道要怎么反应。小草也吓得缩到青青怀里去了。静芝一步步向世纬逼近，声音几乎是凄厉的：

"你说话啊，不要戏弄我这个瞎眼的老太婆啊！"

"好好，我说我说……"世纬被静芝的急切所震动了，匆促地开了口，"这位老太太，我想你一定弄错了我的声音……

事实上，我只是一个陌生人……"

"陌生人？"静芝深深地抽了口气，整个人更加绷紧了。所有的思想意识，都被一份强烈的期盼和回忆所攫获了。"不！不！不！"她哀声狂叫，直冲上前，准确地一把捉住了世纬的手腕，"你怎么还说你是陌生人？你不是陌生人，你是我的儿子元凯啊！你回来了！谢谢天！你终于回来了！元凯呀！我等你等得好苦呀……"世纬太震惊了，被这等意外，弄得手足失措。他拼命想挣脱老太太的掌握，觉得自己的头更痛更晕了。

"老太太，你认错了人，我不是什么元凯，我姓何，名叫何世纬……我从北京来的……"

"太太！太太！"月娘扑过去，也紧张地去扳着静芝的手指，想把世纬从这份纠缠中给解救出来，"这不是少爷啊！你认错了，真的认错了！快放手呀……"

"我没有认错！"静芝落下泪来，"我自己的儿子，我怎么可能认错呢！元凯啊！我知道你恨我们，你不肯原谅我们，可是……你是我的儿子啊，你不能连娘都不认呀……"

"这位老太太，"青青再也忍不住，冲上前去帮月娘的忙，"你快放开世纬，他怎么会是你的儿子呢？他这还是第一次来扬州，第一次来傅家庄呢……"

"是呀是呀！"小草慌张地接话，"我们是来找我海爷爷的！""你是谁？"静芝的脸转向了青青，厉声地问。

"我？"青青吓了好大一跳，结舌地说，"我是……我是……我是他妹妹！""不！"静芝有力地说，"你是漱兰！"

天啊！这是怎样的误会，越来越缠夹不清了。月娘转头对长贵急急地说："没办法了，你快去把老爷找来！"

"是！"长贵急忙转身而去。

这边，青青和静芝开始各说各的。

"我不是什么兰，我的名字叫青青……"

"你连名字也改了？好吧，青青绿绿都没有关系，我承认你了！你就是我的媳妇儿，行了吧？"

"不对不对，"青青更急了，"我不是你的媳妇儿……"

"住口！"静芝一声大吼，青青又吓了好大一跳，"走开走开！"她突然把世纬紧紧抱住，悲恸欲绝地喊着："你们已经回来了，我也已经承认你是媳妇儿了，你就不要再跟我抢，跟我争吧！以前的事，都是振廷的错，怪不了我呀！元凯元凯，你不要不认我，你看看我的眼睛，难道它们还不能告诉你，我是多么思念着你的吗……"

"老太太……"世纬头昏脑涨，脸色发青，"拜托你，请你不要再摇我了，我实在弄不清楚这是怎么回事……可是，我很不舒服，我已经天旋地转了……"

"是呀，婆婆，"小草着急地插了嘴，"大哥的头受了伤，还没好，请你不要摇他呀……"

"什么？受伤了？"静芝立刻恐慌起来，"什么地方受伤了？给娘摸一摸……月娘，月娘，快叫长贵去请大夫！快呀……"

正闹得不可开交，振廷匆匆忙忙地赶来了。

"静芝！不许胡闹！"他十分威严的一声大喝，把所有的人都镇住了，"你吃了药没有？怎么糊涂到这种地步？抱着别人成何体统？还不快放手？放手！"他大声命令着，"你听到了吗？放手！"静芝呆了两秒钟，面有惧色。她的身子缩了缩，似乎想松手。可是，才松开一点点，她又反手更紧更紧地抱住了世纬，回头对振廷悲切之极地、哀怨之极地说：

"十年前你已经拆散过我们母子一次了，这次，我说什么也不让你再拆散我们！你可以杀了我，但是不能逼我放掉元凯，我不放，不放！""你疯得不可救药了！"振廷大跨步上来，不由分说地就去拉静芝的手，"你放手！快放手！"他又拉又扯。

"不放不放！"静芝牢牢抱住。

两人你来我往，把世纬弄得像拨浪鼓似的转个不停，一边站着的青青和小草，简直看得目瞪口呆。

世纬张着嘴，想说什么，想摆脱这两个老人的纠缠，但他什么也来不及说。本已头昏脑涨的他，此时再也支撑不住，只觉得眼前金星乱冒，耳中钟鼓齐鸣，人就昏厥了过去。

第四章

　　世纬病倒了。在记忆里，世纬从小到大，几乎是无灾无病长大的。这次离家出走，他想"体验人生"，可真是"体验"到了不少。第一次遇到从花轿上逃下来的姑娘，第一次和人打架，第一次到了江南，第一次被人误认成了儿子，还第一次病倒在一个陌生的家庭里。怪不得古人说读万卷书不如行万里路，原来，"行万里路"还可以有几万种稀奇古怪的遭遇。

　　世纬一连几天，都病得昏昏沉沉。可是，他并没有完全人事不知。他躺进了一间古色古香的卧室，四壁挂满书画，靠窗一张大书桌，桌上文房四宝，一应俱全。他在瞎老太太左一句"元凯回来了！"右一句"还好，元凯的房间，我天天都收拾的！"这种念叨里，知道自己躺进了元凯的卧室。然后，自己的床边，就日日夜夜围满了人，一会儿是大夫来诊病，一会儿是丫鬟来送饭，一会儿是振廷来探视……至于那位瞎老太，几乎日日夜夜，守在床边，衣不解带。这还不说，由于看不见，又由于恐惧，她总是用手攥着世纬的衣袖，攥得那么紧，不肯稍稍松手。好几次，她被振廷下令拖走，她就一路哀号着哭出门去："月娘！月娘！"她惨烈地喊着，"帮我求求老爷吧！他现在讨厌我，都不肯听我的！但是，他会听你的！月娘……只要让元凯留下来，我什么都可以不计较，我连女主人的位子，都可以让给你……""太太啊！"这种凄厉的哭号一定换来月娘悲切的痛喊，"你要让我死无葬身之地吗？你是主人，我是奴才呀！月娘要有丝毫僭越之心，老天会罚我不得好死……"

"这说的是些什么话！"振廷恼怒地咆哮着，"你们嫌这个家里的悲剧还不够多吗？这样胡说八道，不知忌讳！来人呀！荷花、秋桂、银杏……你们给我把太太拉回房间去！月娘，你守着她，给她吃药……""我不要吃药，不要吃药……"静芝哭喊着，被一路拖出门去，"我已经好了，元凯回来了，我就什么病都没有了！我没有疯，我现在脑筋清清楚楚……振廷，我给你跪下，给你跪下！求求你，让我们母子团聚吧……"

这样子的喧闹，每天总有两三回。世纬真不了解，自己怎么会卷入这个家庭的悲剧里？他真希望，自己快点好起来，可以脱离这个是非之地。这样，到了第四天，他的烧退了，人也清醒了。那天下午，一觉睡醒，触鼻而来的，是一股药香，还没睁开眼睛，就听到了小草的声音，在低低地说：

"好不容易，就剩咱们两个陪着大哥了。这几天，房间里都挤满了人……我以为，那个瞎婆娘就够吓人了，没想到，傅老爷那么凶，更加吓人！"

"嘘！"青青一边扇着药炉，一边轻声警告，"不要在背后批评人家，当心给人听见！我看老太太马上就会过来的，月娘根本看不住她……""我们怎么办呢？青青？"小草可怜兮兮地问，"海爷爷又找不着，大哥又生病了……你说，海爷爷会不会去东山村找我呢？咱们要不要回东山村去呢……"

"不要！"青青着急地脱口而出，"小草，咱们都回不去了，你想，这一路，一会儿坐火车，一会儿乘船，一会儿搭黄鱼车，一会儿走路……山山水水经过了多少，大哥会看那张图，还走了这么久才到扬州……咱们两个，怎么找得着路回去？何况，我回去了准没命，我是怎样也不回去的，你呢……"

"我要跟你在一起！或者……"小草挺没把握地说，"海爷爷会回到傅家庄来……会不会？会不会？"

"我听月娘说，你海爷爷在傅家庄当管家，做了好几十年呢！他是和老爷吵架，才离开的！说不定气消了，他就回来了！我想，我们最好留在傅家庄等等看，就是不知道人家让不让咱们留……""只要大哥肯留，咱们就留下了，是不是？……"

听到这儿，世纬听不下去了，睁开眼睛，他一骨碌坐起身子，接口说："不行不行！我马上就要走……"

"大哥！"小草惊喜地喊着，扑了过来，"你醒了吗？你好了吗？头还疼吗？让我摸摸看还有没有烧……哇！烧退了的！青青！青青！"她喜悦地大喊，"大哥不发烧了！他醒了的!"

青青端着一碗药,笑吟吟地站到床前来。

"哇!"青青眉头一展,眼睛里闪烁着阳光,"套一句小草的话,你这一病,还病得挺吓人!来,快趁热,把这药喝了吧!"世纬凝视着青青,和她结伴同行了一个多月,两人一路抬杠抬到扬州。此时,看到她满脸绽放的光彩,不禁心中怦然一跳。如此青春,如此美丽,如此充满了朝气和热情的脸庞……真是,像前人的词句:"其奈风流端整外,还更有,动人心处!"想到这儿,世纬猛地一震,脸孔竟然发热了。

"是!"他正了正身子,"让我赶快吃药,等我身子一好,我就要走了!"他三口两口把药喝了。再抬起头,青青脸上的阳光已悄然隐去。她低头默默地收拾药碗药罐,一语不发。小草已急急忙忙去拉世纬的衣袖,解释地说:

"大哥,你已经被瞎婆婆当成儿子了!月娘说,如果你肯留下来,安慰安慰瞎婆婆,说不定她就会明白过来。我和青青,想留在这儿等海爷爷,所以,大哥,你可不可以陪我们……""不行不行!"他急躁地说,"这个是非之地,我一分钟都待不了……"他伸手去怀里掏,掏了一个空。

"你在找什么?"青青板着脸问。

"我的钱袋呢?""我帮你收着呢,"青青走到书桌前面,打开抽屉,拿出钱袋往他身上一摔,"没有人会拿你的钱的!"

"不是这样的!"世纬解释着,"我把钱留一半给你们,我带一半走……""你预备用钱打发了我们,就这样掉头走了是不是?"青青眼圈儿涨红了,"好不容易侍候到你烧退了,伤好了，你就准备不管我们了，是不是？"

世纬怔着，还没说话，小草已慌慌张张地接了口：

"好嘛，好嘛，你们不要吵架了嘛！大哥，要走大家就一起走嘛，我不等海爷爷了，咱们三个一块儿走！"

"不不不！"世纬急促地说，"我已经把你们送到扬州了，仁至义尽。现在我是泥菩萨过江，自身难保。怎么能带了你们两个，一路去广州呢？你们留下来，我走！天下没有不散的筵席……""不要嘛，不要嘛！"小草着急地把世纬一抱，泪珠就扑簌簌滚落，"什么不散的筵席？哪儿有筵席？我们不散就是不散！你要走，一定要带我们一起走……"

"谁要走？"门外传来静芝尖锐而战栗的声音，所有人都吓了一大跳。世纬的心猛然一凉。惨了！这位瞎老太太又来了！他看过去，静芝颤巍巍地冲进房来，后面紧跟着月娘和振廷。"元凯！你说你要走，是吗？为什么？为什么啊？"她尖声呼号，"难道你专程回来一趟为的是要惩罚我吗？因为我当年没有为你力争到底，所以你要这样子叫我心碎，叫我痛不欲生，是不是？"她攥住了世纬的手，紧紧地握着，"不不！我这次再也不会让你走，我宁愿死也不会让你走……"

"这位少爷！"月娘扑过来，哀求地看着世纬，"你发发善心，救救我们家太太吧！请你暂时不要提走字，能住多久，就住多久……能安慰她一天，就安慰她一天吧……我求求你，求求你……""反了！反了！"振廷大踏步冲上前来，奋力想拉开静芝和世纬，"月娘，你怎么也跟着太太一起发疯？你睁大眼睛看看，这个人不是元凯……"

"他是的！他是的！"静芝一迭连声喊，泪流满面，"振廷，你为什么一定要这样残忍？难道你内心深处，对以前种种，没有一点点后悔吗？难道元凯不是你心头最大的悲痛吗？难道当年断绝父子之情，就把你身上所有的感情都断光了吗？你不曾像我一样，瞎了双眼，你看得清清楚楚，怎么还瞪着眼睛说瞎话！狠心不认自己的骨肉？你难道不明白，元凯这番归来，是老天给我们再一次机会……一次赎罪的机会，一次重新活过的机会啊……"这一番话，说得声嘶力竭，说得满屋子的人都傻了。说得世纬满心震动，满怀恻然。说得振廷一脸的惨白，满眼的伤痛。说得月娘泪落如雨。

"扑通"一声，月娘对振廷直挺挺地跪下了。

"老爷，你可怜可怜太太吧！这么多年来，多少风风雨雨，我跟着你们一起走过，眼看着太太一步一步到今天的田地，她再也承受不起失望了！老爷！你总有一点恻隐之心吧！"

振廷注视着月娘，顿时心都碎了。这是怎样一个家？怎样又瞎又病的妻子？怎样天人永隔的儿子？怎样百般委屈的月娘啊！他掉头去看看世纬，这年轻人身材挺拔，眉目俊秀，举手投足之间，确实和当年的元凯有许多神似之处。元凯，他心中猛地一抽，说不出来有多痛，简直是痛入骨髓，痛彻心扉呀！"听我说，"他面对世纬，声音沙哑，"今天弄到这个局面，我真是无可奈何。我看你气宇不凡，知书达理，猜想你也是个性情中人。我……"他深抽了一口气，"诚心诚意留你住下来！如果你肯住下来，我甚至可以……可以派人去找李大海！让小草可以早日和她的海爷爷团聚！这样，你也不至于觉得留下来没道理，怎样？""哇！大哥大哥！"小草脱口欢呼出声，"老爷要派人去帮我找海爷爷了！"她冲过去，学着月娘对振廷一跪，没头没脑地磕起头来："谢谢老爷！谢谢老爷！"

"元凯啊！"静芝又哭又笑地去摇着世纬，兴奋得满脸发亮，"你爹留你了！你知道你爹的，他就是这样的臭脾气……留都留了，还要说一大堆莫名其妙的道理……但是，他留你了！他说出口了，他终于说出口了！你知道这对他是多困难的事……那么，你，你，你也不走了，对不对？对不对？"她仰着脸，全心地期盼地面向着世纬，那已失明的双目盛满了泪，泪光闪烁。世纬觉得整个心脏都为她抽搐起来。

"是的！我不走了！"他轻声说。环视一屋子沉痛而带泪的面孔，他深抽了口气，抬高了声音："嗨！既然不走了，我可不可以吃点东西呢？我饿了！"

"桂圆小米粥！"静芝跳起身子来喊，"鸡片干丝汤！还有枣泥杏仁酥……都是你最爱吃的，我全准备着！月娘！快去厨房拿，别忘了！还有那袋新鲜核桃！"

就是这样，世纬、青青和小草就在傅家庄暂时住下了。

第五章

一星期后，世纬的健康就完全恢复了。

走出元凯那间卧室，他有好几天，都沉迷在傅家庄那典雅的庭园里，初次领略了江南园林的迷人之处。看到他们把形形色色的太湖石，堆砌成春夏秋冬的景致，使他叹为观止。小楼水榭，曲院回廊，都别有幽趣。和北方比起来，是截然不同的。北京的建筑受故宫影响，比较富丽堂皇。南方的庭园，却秀气多了。一条小径，两枝修竹，几叶芭蕉，十分诗意。世纬尤其爱上了吟风阁朝东的一面墙，那墙上蔓生着常春藤，爬满了整片墙壁，枝枝叶叶、重重叠叠地下垂着。每当风一吹过，每片叶子都随风飘动，起伏有致，像一大片绿色的波浪。在这片绿色波浪中，却嵌着三扇小红窗，窗棂雕着梅兰竹菊的图案，真是可爱极了。世纬实在想不透，在这么美丽的庭园里，怎么没有酝酿出如诗如梦的故事，反而演出父子反目、生离死别的悲剧？

关于元凯的故事，在接下来的几天里，月娘断断续续地说给世纬他们三个听了。原来，元凯在十多年前，爱上了家里的丫头漱兰。这本是大家庭中很普通的事，如果元凯肯将漱兰收来做小，大概也不至于引起大祸。但是，元凯念了很多书，又深受梁启超"一夫一妻"制的影响，坚持要娶漱兰为妻子。此事使振廷勃然大怒，说什么也不允许，想尽办法拆散两人。据说，当时使用的手段非常激烈。元凯见无法和振廷沟通，竟带着漱兰私奔了。私奔还没关系，他们两个，居然跪到上海的一家教堂里，在神父的福证下，行了西式的婚礼。完婚之后，再把漱兰带回家来。振廷这一怒实在是非同小可，他把元凯和漱兰一起赶出了家门，当时就措辞强烈，恩断义绝。振廷说过："你可以死在外面，就是不许再回来！我傅振廷可以绝子绝孙，就是不能承认一个像你这样不孝不义的儿子，从今以后，我没有儿子！你也不姓傅！"

元凯就是在那吟风阁外的广场中，跪地向静芝磕头告别的。

"娘！从今以后，孩儿跟您就是形同陌路的陌生人了！原谅孩儿不孝！孩儿叩别娘！"

那天的静芝，呼天抢地，哭得日月无光，却无法阻止元凯的离去。这句话，竟成为元凯对母亲说的最后一句话。因为，一年以后，漱兰把元凯的灵柩送回来了。

"灵柩？"世纬震动地看着月娘，"他怎么会死呢？他真的死了？""真的死了！"月娘面色凄然，眼中凝聚着泪，"死的时候，才只有二十三岁。灵柩送来那天，你们信吗？竟是老爷四十五岁的寿诞。在宾客盈门中，漱兰一身缟素，伏地不起，灵柩砰然落地，满座宾客，人人变色。可怜的老爷和太太，这种打击，怎么是一般人所能承受？老爷不相信那里面躺着的是少爷，下令开棺，棺盖一打开，少爷赫然躺在里面……太太，太太就昏死过去。从此以后，太太不许人说元凯死了，她拒绝这个事实，早也哭，晚也哭，眼睛哭瞎了，神志也迷糊了！她宁愿相信元凯活在外面，不愿相信他被送回来了！"月娘看着世纬，"这就是为什么你说了句你是陌生人，太太就更加认定你是元凯的原因，这'陌生人'三个字，对太太的印象，实在是太深太深了！"

原来如此！世纬吸了口气。

"可是，那元凯正当年轻力壮，怎么会突然死掉呢？"他问。"他是病死的，详细情形，我们都弄不清楚，唯一可以肯定的，是他和漱兰，穷途潦倒，贫病交迫。这也是太太无法原谅老爷的地方，元凯走的时候，两袖清风，什么都没有带。他是在这种家庭里养大的孩子，平时都是丫头用人伺候着的，他几时受过生活上的苦！""漱兰呢？"青青追着问，"她去了什么地方？她现在在哪里？"月娘沉默了好一会儿。

"她走了！"半晌以后，她才沉思地说，"傅家的女人都很惨。漱兰把灵柩送来那天，大概已经不想活了。她那副样子，分明三魂六魄，都已跟着元凯去了。偏偏老爷在悲愤得快发疯的情况下，对漱兰痛骂不停。漱兰听着听着，就一头对棺木撞了去，差点就撞死了！你们不知道，那个场面有多么惨！幸好漱兰的娘朱嫂陪着她来的，朱嫂哭着，抱着，求着，拖着……把漱兰带走了！"她顿了顿，眼神深幽，"从此，我们谁也没见过漱兰。十年了！漱兰是生是死，我们都不知道了！"

故事说完了。一时之间，世纬、青青、月娘、小草四人都静悄悄的，没有一个人说话。窗外，暮色正缓缓地罩下来，黄昏的余晖，把一树的阴影，投射在雕花的地砖上，有一种凄凉而神秘的美。世纬看着月娘，直觉地感到，她对于这个故事，多少还有些保留。"你呢？"他忍不住问，"我听你谈吐不俗，不像个伺候人的人，你在傅家是……""我吗？"月娘脸色一暗，微微地怔了怔。"我是另外一个故事了。"她叹了口气，"我也是好家庭的女儿，和傅家沾了一点亲，只是我家早就败落了，我爹把我许配给了一个比我小八岁的丈夫。我们家乡常常把女儿嫁给小丈夫，说不好听，就是卖过去了。我十六岁嫁过去，丈夫才八岁，挨了四年，丈夫才十二岁，居然出天花就死了！夫家说我不祥，克死了丈夫，赶我回娘家，我爹那时已去世了，娘家没人肯收留我，我举目无亲，就投到傅家来，太太收留了我……待我挺好挺好的，我也就死心塌地地伺候着太太。我来傅家，已经十二年了呢！傅家所有的事，我都是一件一件看着它发生的。说起来，太太对我有恩，所以，有时候……她就是对我发发脾气……我也就忍了！"短短的几句话，道尽了一个女人的沧桑。世纬对月娘，不禁油然起敬。从月娘身上，就联想到青青，从大红花轿上逃走的青青。中国的女性，如果不能主宰自己的命运，将永远在悲剧中轮回。青青的逃婚，实在是勇敢极了，正确极了。想到这儿，他就对青青看去，青青仍然沉溺在月娘所述说的故事里，满脸戚然，满眼哀切。

"世纬!"她忽然回头对世纬正色说，"你不可以再那么绝情了! 老太太叫你几声儿子，你又不会少一块肉，有人把你当儿子一样疼着，有什么不好? 以后，你再也不要动不动就说要走，来威胁人家!"

"是啊!"小草接口说，"婆婆好可怜啊! 大哥，你一定一定要对婆婆好一点!"世纬真有些啼笑皆非。瞎婆婆的故事确实可怜，但是，自己这个假儿子，骗得了一时，骗得了一世吗? 走，是迟早的事，等到必须走的时候，会不会再一次撕裂了老太太的心? 到那时，今日的"不忍"，可能会变成那时的"残忍"，然后，又会演变成什么局面呢? 这样一想，他的头就又痛了。

"不管怎样，谢谢你们兄妹!"月娘似乎读出了他的思想，"你们肯留下来，真是傅家的幸运! 我们过一天是一天，希望没多久，太太就能明白过来! 好了，不能再谈了，我去厨房看看，太太今天给你炖了莲子银耳汤，是你以前最爱吃的……不不，"她改了口，"是元凯少爷以前最爱吃的! 希望你吃的时候，有那么一点儿表示，她会很高兴很高兴的……"

月娘走了。世纬用手揉了揉额角，看着青青。

"兄妹啊?"他说，"你到底对傅家怎么说的?"

"说你是我哥哥啊!"青青瞪着他，"不然怎么说呢? 总不能说我从花轿上跳下来，跟你这样奇奇怪怪来扬州! 别人会怎么想我呢?""那……"他的头更痛了，"小草跟我们又是什么关系呢？你赶快说清楚，免得我穿帮！""我说……小草是咱们家的邻居，尽受表姊儿虐待，所以咱们兄妹就……""见义勇为，把她护送到扬州！"他接话，"是吧？你编故事还编得挺好的呢！"听出他语气中的不满，青青顿时脸色一沉，眉毛挑得高高的，眼睛瞪得圆圆的，立刻就剑拔弩张。她挺直背脊，颇受伤害地冲口而出："怎么了？我说你是我哥哥，难道侮辱了你不成？上次要拿钱打发我们，我还没跟你算账呢！我知道了，你打心眼里看不起我和小草，我们没念过书，大字不识，连根扁担倒下来我们也不晓得那是个'一'字，更别说要我们像你一样满嘴掉文儿，动不动就四个字四个字打嘴里成串地溜出来……你看不起我们，你尽管去告诉傅家老爷太太，说我们两个是你路上捡来的……""喂喂！你有完没完？"他忍无可忍地喊，"我说了看不起你们吗？我什么都没说，你就大发脾气，讲了这么一大堆，你简直是欲加之罪，何患无辞！"

"什么罪不罪的？"青青更气，"听也听不懂，你就直接告诉我们，我是大麻烦，小草是小麻烦，婆婆是老麻烦……你恨不得把我们统统摆脱了，不就结了？"

世纬怔了怔，声音大了起来：

"你这句话倒说对了！自从遇到你们以后，我就一路有倒不完的霉！先是莫名其妙地跟着你们乱逃，然后天气也变了，荷包也瘦了，头也打破了，又伤又病地把你们送来，却被瞎婆婆抓了当儿子，弄得我困在这里走不了，你们的确是一对大小麻烦！我实在弄不懂我怎么会招惹了你们？"

世纬发泄完了，居然听不到青青反驳的声浪，再一抬头，发现青青眼圈红红地看着小草，小草则抽抽搭搭地哭起来了，泪水滴滴答答地直往下掉。

　　"喂喂，"他心慌意乱了，"怎么回事？咱们一路拌嘴已经拌成习惯了，吵吵架没关系的，你们可别哭啊！"

　　"我哭，我就是要哭！"小草吸吸鼻子，哽咽地说，"我叫你大哥，把你看得比亲哥哥还要亲，舍不得跟你分开……原来你这么讨厌我们……骂我们骂得好大声，比傅老爷还要吓人……""我哪有？我哪有？"他急急地问，"我哪有好大声？"

　　"你有！你就是有！"青青接话，眼泪也往下掉。她对小草张开了手臂，哀声地喊："小草！别哭，你还有我呢！我是怎样也不会离开你的！"小草"呜"的一声，就哭着投入了青青的怀抱。一对"大小麻烦"紧拥在一起，泪珠儿纷纷乱乱地跌落于地。世纬看到自己造成这么大的"悲剧"，简直是手足失措，不知怎么办才好。"喂喂，我投降，我投降！"他举起双手喊，"我错了！好不好？我道歉，好不好？"他伸手去拉小草，"我真的没有看不起你们的意思，我疼你们都来不及了！我说话大声一点，是因为现在这个状况很复杂，我有点头痛罢了……喂喂，你们不要哭了，我跟你们说，以后，咱们三个，要留一起留，要走一起走！好不好？"他顿了顿，见两个女孩儿，依然哭不停，心里更慌了，脱口大声说："你们不要再伤心了，从今以后，你们两个就是我的责任，我一肩扛到底了！"

　　听他说得语气铿锵，两个女孩子终于有了反应，停止哭泣，抬眼看着他。他对两人重重地点了点头，满脸的"坚定"。小草一个感动，回身就把他的腿紧紧抱住，由衷地、热烈地喊："大哥！"她立即破涕为笑了，"你真是世界上最好最好的人！"世纬被她恭维得有点飘飘然，发现自己的一句话，就能化悲剧为喜剧，不禁对自己的"力量"，也在惊愕中有些佩服起来。他转眼看青青，青青斜睨了他一眼，掉头去看窗子。眼泪不曾干，唇边已有笑意。

唉！世纬心里叹了口气。唯女子与小人为难养也！但，眼前这个"女子"与"小人"，却更有动人心处！

第六章

这天，长贵匆匆忙忙来找世纬、青青和小草。

"老爷要你们三位，上大厅见客！"

"见客？"世纬怔了怔，"是什么样的客人？"

"是老爷的好朋友裴老爷，他们一家子人全来了，听说了你们三位的事儿，想见见你们！"

于是，世纬、青青、小草三个人，就急忙整整衣裳，出了房门。傅家庄院落很多，三人去大厅，穿越了两层院子，刚走到前院的一棵玉兰树下，只听到那棵大树上，树叶一阵簌簌，似乎有人在树上窃窃私语。一个年轻人的声音在说："来了！来了！"一个孩子的声音在问："哪儿？哪儿？"年轻人一阵惊呼："别推我呀！别推呀……"

树下的三人，觉得太奇怪了，都抬起头往树上看去。

树上，却忽然掉下两个人来。

"砰""砰"两声，一个十岁大左右的男孩子，先落在地上，摔了个狗吃屎，哎哟哎哟地叫不停。另一个二十来岁的少年也跟着摔落，跌在男孩子的身边。

世纬、青青和小草实在太惊讶了。三人都瞪大了眼睛，目不转睛地看着地上的少年和孩子。此时，年轻人已一跃而起，冲着三个人咧嘴一笑。世纬这才发现，这年轻人剑眉朗目，英姿焕发。"你们怎么会摔下来啊？"世纬奇怪地问，"摔着没有？"

"没事！没事！"年轻人窘迫地笑了。话还没说完，那孩子已经爬起身，对年轻人掀眉瞪眼，又挥拳头：

"都是你！原先说好是跳下来，不是跌下来的！好疼啊……""请问你们是什么人啊？"世纬问。

"哦！"年轻人笑着说，"我是裴绍谦，这是我弟弟裴绍文！"

"姓裴？那么裴老爷是……"

"我爹！"年轻人笑得爽朗。

"原来是裴家的两位公子！"世纬恍然地说。

"你们不是在大厅上吗？怎么到树上去了？"青青好奇地问。"哦，是这样的！"绍谦傻呵呵地用手抓抓头，"在家里听说了你们三人的故事，我们已经好奇得不得了，所以，我们两个忍不住溜到花园里来，爬到树上……爬到树上……"他笑着尴尬地摸摸鼻子。"我们不是要跌下来的！"绍文忍不住接了口，他是个眉清目秀的男孩子。一面揉着跌痛的屁股，一面抬头直瞪着绍谦："不是说好要一个鹞子翻身，再一个鲤鱼打挺，稳当当地飘落下来，露一手咱们的武功吗？怎么这样子跌下来了？"

"你还说呢！还说呢！"绍谦戳了绍文的脑袋一下，微微涨红了脸，"就是你害我，紧要关头，又挤又推的，害我设计了半天的鹞子翻身，鲤鱼打挺，变成了'兄弟出丑'，真是气死我了！"这样一说，青青用手掩着口，忍俊不禁。小草也紧抿着嘴唇，拼命忍住笑。绍谦见青青和小草这等模样，窘迫之余，忽然就从身子后面把绍文给揪了出来，推向小草。

"怎么了？怎么了？在家里听说小草是个小美人，你不是直嚷嚷着要来看小草吗？这不给你看了？还躲什么躲？像个大姑娘似的……"绍文差点撞到小草身上去，顿时间，闹了个面红耳赤。回头对着绍谦就摩拳擦掌："我没嚷嚷，我才没有！嚷嚷的是你！你听说青青是个大美人，你就急着要来看青青……"

"嘿嘿嘿！"绍谦急喊，"你这个小家伙，完全不顾兄弟义气，成心要让别人看咱们的笑话是不是？"

"这有什么关系！"绍文大刺刺地卷了卷袖子，"反正是英雄难过美人关嘛！""你说什么？说什么？"绍谦对绍文掀眉瞪眼地说，"自己不懂的话别乱说！掉什么文儿！"

"我懂！"绍文瞪了回去，"你自己教给我的！就是说英雄碰到了漂亮的女孩儿，那么英雄不怎么英雄了也没多大关系！"绍文这样一说，青青再也忍不住，放声大笑了起来。青青一笑，小草也笑了。小草笑了，世纬也笑了。绍谦和绍文，看到他们三个都笑了，也就大笑起来。一时之间，五个人嘻嘻哈哈，好不热闹。这傅家庄里，多少多少年来，都没有这样洋溢着笑声，直把闻声赶来的振廷，看得当场傻住了。

然后，在大厅中，世纬等三人拜见了裴老爷子和他的两位夫人。这裴老爷和两个儿子一样，没大没小，没正没经地，指着自己的两个太太，对三人介绍说：

"这是大老婆裴大婶儿，这是小老婆裴小婶儿！"

"大婶儿是我娘！"绍谦急忙补充。

"小婶儿是我妈！"绍文应声而出。

大婶儿、小婶儿都板住了脸，全屋子的人都忍俊不禁。

这就是世纬、青青、小草认识绍谦兄弟的经过。

认识了绍谦兄弟，这才认识了扬州。

接下来好多日子，绍谦兄弟带着世纬等三人，游遍了扬州。"故人西辞黄鹤楼，烟花三月下扬州。孤帆远影碧山尽，惟见长江天际流。"这是李白的诗。"青山隐隐水迢迢，秋尽江南草未凋。二十四桥明月夜，玉人何处教吹箫？"这是杜牧的诗。"娉娉袅袅十三余，豆蔻梢头二月初。春风十里扬州路，卷上珠帘总不如。"这又是杜牧的诗。世纬记不得前人的诗句里，有多少诗句与扬州有关，但他终于走进了李白和杜牧的诗句里。一时之间，瘦西湖、小金山、二十四桥、大明寺、平山堂、御码头……都有他们五个人的游踪。大家又笑又闹，又游山玩水，实在是快乐极了。世纬几乎忘了他的广州，也忘了他的北京，简直有点儿乐不思蜀。生命中从没有这么美丽的一段时光。在傅家庄被当成宝贝，老太太对自己嘘寒问暖，无微不至；下人们毕恭毕敬，言听计从。走出傅家庄，有绍谦、青青等人做伴，还有……还有那么古典，那么诗意的扬州！可是，在这种诗意中，也有许多事困扰着世纬。第一件当然是老太太的纠缠不清，第二件就是绍谦和青青。

绍谦对青青，即使不是一见钟情，好像也差不了多少。他憨厚、热情、坦白、率直，完全不去掩饰自己对青青的感情，非但不掩饰，他还展开了热烈的追求。青青在乍惊乍喜之间，对绍谦是半推半就。显然，她几乎是在享受着这份感情。女人实在是虚荣的动物！世纬不知道为什么，对青青的态度就有那么一些不满。可是，倒回头来想，绍谦的家世地位，配青青是绰绰有余，如果绍谦真喜欢青青，他们两个能有个结果，自己不是也放下心里的一块石头吗？将来，总有一天，他是要走的，总不能真带着青青和小草，浪迹天涯吧？世纬在两年前，已由家中做主定了亲。两年来，父母千方百计要他完婚，他千方百计逃避，不肯结婚。对方是书香世家，和何家门当户对。他除了知道那女孩子名叫华又琳以外，什么都不知道，也从没见过华家的姑娘。他的离家出走，在一大堆的抗拒之外，也包括抗拒这种父母之命的婚姻。可是，抗拒那份婚姻是一回事，容许自己风流放纵又是另一回事。他和青青，萍水相逢，结伴而行，就这么简单，绝不牵涉儿女私情，否则，岂不是乘人之危，有失君子风度？因此，世纬对青青，自认胸怀坦荡，没有丝毫杂念。既无杂念，就对绍谦和青青那种"东边太阳西边雨，道是无晴却有晴"的游戏，冷眼旁观起来。

这个裴绍谦，真是鲜得很！

有一天，绍谦和绍文一起来到傅家庄。绍谦躲在假山后面，推派绍文去见青青。事先，大约兄弟两个已经说好了，万一绍文应付不过来，就回头听绍谦的指示行事。于是，绍文捧着一个盆景，跑到青青窗子外面，敲窗子：

　　"青青！我哥有东西送给你！"

　　青青打开窗子，只见绍文捧着盆景往窗台上一放。花盆倒很漂亮，白瓷上描着彩绘的花朵。但是，盆子里，却种着一棵毫不起眼的树苗儿。"这是什么？"青青困惑地问。

　　"是茶树的树苗儿！"绍文兴冲冲地说，回头看了绍谦一眼。绍谦悄悄提了句词，绍文就转回头来，笑嘻嘻地说："我哥哥说，我爹有座茶园，看过去绿油油的一大片，就像青青的名字，所以送你一棵茶树苗儿！"

　　"它将来会开花吗？"小草在旁边问。

　　"它不开花儿，尽长叶子，将来你们把叶子摘下来，就可以泡茶喝了。"青青看着那棵茶树苗，却有些不大高兴。

　　"我说你哥哥，真是个怪人！要送就送盆花嘛，送我一棵树苗儿！还把我比作茶树，我长得像茶树吗？"

　　青青这样一说，绍文傻了眼，急忙去看绍谦。绍谦心中早已大呼不妙，这下子马屁拍在马腿上，不知怎么收拾！绍文倒退着步子，退到假山石前，靠近了绍谦藏身之处，回头小小声说："哥，怎么说？我要怎么说？"

　　绍谦慌忙悄悄提词："告诉她不是这个意思，不是这个意思……"

　　绍文回过头来，又冲着青青傻笑，大声说：

"不是这个意思，不是这个意思！"

绍谦又说："花儿俗气得很，不管送什么花，跟你一比，都为之逊色了！"绍文依样画葫芦，大声复诵：

"花儿俗气得很，不管送什么花，跟你一比呀，全部都……全部都……都那个……都那个……"他歪着脖子，希望绍谦赶快提词，那什么"逊色"对他来说，实在太难了。他这等怪模怪样，使青青大为奇怪，伸头到窗外来张望。小草已忍不住，睁大眼睛问："绍文，你的脖子怎么啦？"

绍谦一急，抬头一看，看到绍文歪着个脖子，样子不自然已到极点。他不假思索，急急地说：

"哎哎，脖子歪了！脖子歪了！快站好！快站好！"

绍文以为是提词，赶快大声说：

"哦！脖子歪了！全部都脖子歪了！"

绍谦从假山后面，一下子就窜了出来，伸手揪住绍文的耳朵，往后拼命拉扯，嘴里骂着说：

"我宰了你这个歪脖子，你简直气死我了！"

这一下，青青大笑了出来，笑得东倒西歪，眼泪都滚出来了。绍谦看到青青如此开心，倒也事出意外，就也跟着傻呵呵地笑起来。绍文和小草，见他们两个笑得这样开心，当然也跟着笑了。世纬远远走来，看到这样一幅欢乐图，不知怎的，竟有被排除在外的失落感。

过了几天，大家到裴家去玩。

裴家有一片荷花池。那已经是初夏时节，江南的荷花开得特别早。满湖荷花，有红有白，映着重重叠叠的绿叶，真是好看极了。世纬忍不住，就发起议论来了：

"这个荷花很奇怪，你单单看那么一朵，觉得它粗枝大叶，并不怎么美，可是集合成一大片的时候，不但美，甚至是很壮观的。所以说上天造物实在蛮有意思，该一枝独秀的便稀奇难求，该集数量之美的便会大量繁衍！"

"哇！"绍谦十分佩服地看着世纬，"有学问的人就是不一样，赏个花嘛，不单用眼睛看，还用脑筋看！"

"你别羡慕他，"青青对绍谦笑了笑，"他那样活着累得很，赏个花还要讲大道理！"这青青是怎么回事？对绍谦倒是挺温柔的，碰到自己就尽抬杠！世纬皱皱眉，很无辜地说：

"我也没有讲大道理呀，只是随口说两句而已！"

"怎么说要一大片才好看？"青青问，伸长脖子望着湖心，"你瞧，那朵半红半白的不是挺美吗？"

"哪一朵？哪一朵？"绍谦急忙也伸着头看。

"就是湖中心那一朵呀！"青青指着。

"你是说花瓣尖是白的，花瓣梗是红的那一朵？""是啊！"青青顺口说，"能供在花瓶里就好了！"

"没问题！"绍谦说着，就一脚跨进湖里去。

"喂喂！"青青大惊失色地说，"你要做什么？"

"摘花呀！"绍谦笑嘻嘻地说着，一面哗啦啦盘水而去。绍文和小草在岸上看得目瞪口呆。绍文直着脖子，大声嚷嚷：

"你小心一点，说不定水里有蛇！"

"胡说八道！"绍谦才笑着说了句，身子突然一斜，就扑通摔入水中。青青急得绕着湖跑，喊着说：

"你疯了！快回来呀！我只是随口说说，没有要你去摘呀！"

"绍谦！"世纬也跟着喊，"你会不会游泳呀？"

绍谦已经爬起来了。他穿了一身月牙白的衣服，白褂子和白裤子，这时候已经全是污泥。他脸上也沾了污泥，手上也是，说有多狼狈就有多狼狈。他却依旧笑嘻嘻地说：

"没事儿！你们别紧张，水不深，只是有很多烂泥巴，不好走而已。瞧！我这不是到了吗？"他回头看青青，指着荷花问："是这朵没错吧？""是！是！是！"青青拼命点头。

绍谦拔了荷花，又盘着一池污泥，举步维艰地往岸上走。由于泥浆太多，走得十分辛苦。好不容易爬上了岸，岸上四个人都睁大眼睛看着他，因为他已经成了一个道地的泥巴人。举着荷花，他送到青青面前去。

"上次送你一棵茶树苗，真够笨！现在，就算扯平了。怎么样？"青青接过花，真是感动极了。她看着绍谦，满眼的温柔，低低地说："其实，那棵茶树苗，我也很喜欢的！这朵荷花，当然更好啦！只是，你现在这一身泥，怎么办？"

绍谦低头打量自己，哈哈大笑了起来。

"哈！这会儿把我放进灶里去，用炭火慢慢煨烤，就成了一道名菜：叫花鸡！"小草和绍文，拍着手哈哈大笑起来，绕着绍谦又跳又跑，指着他喊："叫花鸡！叫花鸡！叫花鸡！"

于是，青青和世纬，也跟着笑了。绍谦自己，更是嘻嘻哈哈地笑个不停。世纬笑了一会儿，看他和青青，这样融融洽洽地打成一片，两个小儿女，也都不分彼此，其乐无比。

心里，不知怎的，又有种难以描述的"失落感"。

再过了几天，绍谦就煞有其事地，约了世纬，两个人到瘦西湖边去喝茶。茶还没喝两三口，绍谦就站起来，对世纬一揖到底说："我有事情要求你！""求我？"他怔着。"是啊！"绍谦用手抓了抓后脑勺，"就是青青的事嘛！人家说长兄如父……所以我特地来问你，不知道青青在家乡，有没有定过亲？""哦！"他愣愣地说，"没……没有。"

"好极了！"绍谦一击掌，笑逐颜开，"我也还没定亲呢！我爹一直要给我讨媳妇，我就是不肯！哈！幸亏不肯！才有今天的机会……""哦？"他瞪着绍谦。"怎么，"绍谦见他表情古怪，不由得收住了笑，紧张兮兮地问，"你反对吗？""反对？"世纬又怔了怔，"我有什么权利反对？"

"那么，你是赞成喽？"绍谦大喜地问。

世纬沉吟不语，从上到下地看绍谦，见绍谦一表人才，和青青倒是郎才女貌。真能撮合他们两个，不也是一段人间佳话吗？想着想着，他就点了点头，喃喃地说：

"就这么决定了！就应该这样办！"

绍谦狂喜地跳起来，对世纬鞠躬。

"谢谢大哥！谢谢大哥！我……我……我马上叫我爹去提亲！""提亲？"世纬吓了一大跳，"哪有这么快，你给我坐下来，别这么毛毛躁躁的！""你不是说决定了吗？"绍谦一脸怔忡地问，"这意思不是说，你决定把妹妹嫁给我吗？"

世纬又好气又好笑，那种"失落"的感觉更强烈了。但是，这桩姻缘，真的不错呀！他瞪着绍谦，叹口气说：

"我这个哥哥，对青青到底有多少影响力，我自己都没有把握！你不常常看到她对我红眉毛绿眼睛的时候！说真的，青青是个非常独立自主的女孩子，她有权选择自己的幸福，我既无法勉强她，也没有权利代她做主！我说的决定，是决定从旁协助你，至于能不能成功，还要靠你自己的努力！"

绍谦恍然大悟地点着头。想了想，又跳起来，仍是非常高兴地对世纬鞠了一大躬。

"那还是要谢谢大哥！以后全仰仗你，帮我在青青面前多多美言几句，你是她敬爱的大哥，你帮我说一句，胜过我说一万句！有了你的承诺，我现在等于吃了一颗定心丸！谢谢你，真心真意地谢谢你！"

世纬看着那满脸兴奋的绍谦，忽然，就对他的兴奋和喜悦嫉妒起来了。

第七章

海爷爷一直没有消息。

小草很着急，虽然说在傅家庄的日子挺舒服的，不愁吃不愁穿，还有人做伴儿，但她心里，实在思念着她的海爷爷。她和青青现在住的房间，就是海爷爷以前住的，她除了自己的小荷包以外，有更多的东西可以摸索。海爷爷看过的书，海爷爷用过的笔，海爷爷睡过的床，海爷爷点过的灯……但是，海爷爷，你现在在哪里呢？

这天，她穿过花园，要去世纬房间，才走到房门口，就听到月娘、青青和世纬正在谈着海爷爷。她知道偷听是不对的，但她身不由己，就站住了。

"这李大海，在傅家庄做了几十年，怎么会说离开就离开呢？"世纬问，"我听长贵和阿坤的语气，对李大海都略有微词，到底是怎么一回事？"

"不瞒你们说，"月娘叹了口气，"这李大海，走得不太光彩！他是被咱们老爷……给赶出去的！"

小草大惊。"赶出去?"青青也大惊,"不是说吵架吗?怎么是赶出去呢?为什么呢?""他……"月娘有点儿碍口,"他盗用公款!"

"什么?"世纬急急追问,"有没有弄错?"

"不可能弄错的!"月娘说,"说起来也真伤老爷的心,几十年来,老爷是全心全意信任着海叔的,公账私账都交由他管,不想他竟会暗地做手脚,偷了好大数目的钱呢!老爷生气倒不只为钱,而是海叔太教他失望了!所以,老爷虽然答应你们说,去找寻海叔,只怕此事,也只是说说而已了……"小草听到这里,再也忍不住了,她一下子就冲进门去,涨红了脸,激动地大喊:"不会不会的!我海爷爷是好人,他不会偷钱的!你们冤枉了他!你们肯定冤枉了他!"

喊完了,她掉转身子,就飞快地往外跑。

世纬、青青、月娘全跳了起来,跟在后面紧追。

"小草!回来!小草!你要去哪里?小草……"

小草直冲往振廷的书房,门也不敲,就推开门冲了进去,把那正在练字的振廷吓了好大的一跳。

"我海爷爷不会偷钱,他不会偷钱,你冤枉了他……"

她气喘吁吁、满面泪痕地站在振廷面前,双手握着拳,激动地说着。"怎么回事?"振廷勃然变色,"你这个小孩子懂不懂礼貌?懂不懂规矩……""小草!我们出去!"青青追进来就拉小草,"出去再说!出去再说!""不!"小草倔强地甩开了世纬等三人,"我不要出去!我要问清楚!老爷,你为什么要赶走我海爷爷？你到底有没有派人去找我海爷爷？""反了！反了！"振廷气得七窍生烟，"我就知道不应该把你们留下来！看看，这是什么态度？我的家务事，要你一个小孩子来东问西问吗？对！"他怒视着小草，"是我把李大海赶走的，怎样？他确实偷了我的钱，怎样？"

"我不信，我不信！"小草的泪珠，成串成串地滚落，她哽咽着喊，"海爷爷是大好人，他从不做坏事情，他最喜欢帮别人的忙，连路边的小狗小猫，他也帮忙的！见它们肚子饿了，就把手上的包子馒头拿来喂它们吃！他那么好，不会偷你的钱，一定是你自己算错了！"

"莫名其妙！"振廷挑高了眉毛，瞪大了眼睛，"让我告诉你，就在这间房间里，海爷爷亲口对我承认了！他确实偷了我的钱，我没有半点冤枉他，够了吗？"

小草被打倒了。用双手捂着脸，她哭了个上气不接下气。世纬、青青冲上前来，一边一个架住小草，死命想把她拖出去。月娘急得手足失措，一迭连声地说：

"老爷请息怒，都是我不好，都是我太多嘴了！请老爷宽宏大量，就当她童言无忌……"

月娘的话还没说完，小草已挣脱青青、世纬，对振廷仰着脸，急切地说："你逼他说的！一定是你逼他承认的！你那么凶，是很会逼人的！你逼过婆婆，你逼过元凯叔叔……你自己不知道，你是很凶很凶的，全世界的人都怕你……一定是这样，你逼我海爷爷，他才会承认的……""你有完没完！"振廷怒不可遏了。尤其听到"逼过元凯叔叔"这种话，他简直气得要发疯了。举起手来，他很想对这个乳臭未干的小姑娘一巴掌挥过去。世纬急叫了一声：

"伯父！不可以！"振廷的手停在半空中，他接触到小草那勇敢的、带泪的眸子，透过水雾，里面似乎燃烧着炙热的火焰。这火焰是对他的控诉，是对她海爷爷的信赖。他忽然间就泄了气，这对闪亮的眼睛，这副无畏无惧的神情，这浑身上下绽放着的勇气，和那一脸的悲切……居然是如此熟悉。"你那么凶，是很会逼人的，你逼过婆婆，你逼过元凯叔叔……"他深抽了一口气，顿时觉得五脏六腑都痛。

"好了！"他色厉内荏地一挥手，"我就不跟你一般见识！既然你口口声声说我冤枉了你海爷爷，我马上派人，兵分四路，东南西北去找，一定要把你海爷爷找回来！等到把他找回来了，我们再当面对质，看是我冤枉了他，还是你冤枉了我！"小草盯着振廷，泪痕未干，激动未消，却像大人般郑重地点了点头："好！你说过的话不能赖！你……要派人去东山村我表婶儿家找一找！""东山村西山村全去，行了吗？"他抬头看月娘，"去叫长贵来，我们立刻把人调派一下，也去大海山东老家跑一趟看看！""是！"月娘迅速地应着。

一场风波，总算有惊无险。而且，还坐实了"找大海"的行动。可是，小草从这天以后，就变得不太快乐了。常常在无人之处，掏出她的百宝囊来，一件件东西数着念着。有时，念着念着就掉下眼泪来。偏偏在这时候，又发生了桂姨娘的翡翠事件。

桂姨娘就是绍文的娘，裴家的二姨太。

这天，世纬、青青、小草三个，又被绍谦邀到裴家来做客。小草和绍文，跟着三个大人品茶，实在觉得无聊极了，绍文就拉着小草，去假山里探阴，去石头缝里捉蟋蟀。把花园玩遍了，就开始逛房间，一间间东逛西逛，最后逛进了桂姨娘的卧室。房中正好无人，两个孩子窃喜。

"嗨！小草！"绍文眼珠一转，想到一件事，"你不是有个百宝荷包吗？我娘也有个百宝箱！"

"真的吗？"小草好奇地问，"里面装的什么呢？"

"我拿给你看！"绍文说着，就爬进床里，打开床上的雕花小木橱，捧出里面一个精致的雕花小木盒。把小木盒放在床上，他掀开盒盖："你瞧！"

"哇！"小草惊喊着，从来没见过这么多美丽的、光彩耀目的东西。原来，这是桂姨娘的首饰盒。"好漂亮啊！"她惊叹不已，一件件拿起来看，再小心地放回去，"怎么有这么多好看的东西呀！""我娘最喜欢这块绿石头了！"绍文拿起一条金链子，下面悬着好大的一块翡翠，"你戴上看看！戴上就可以扮蜘蛛精，我来演孙悟空。"他把项链往小草脖子上一套。然后从耳朵后面，拔下一根毫毛，吹口仙气，嘴里大喝着："变！"身子四面旋转，找寻可以充当"金箍棒"的东西。一抬头，看到床柱上悬挂的鸡毛掸，他抄了起来，一路挥舞着，嘴里大嚷着："蜘蛛精你逃到哪里去？我老孙杀将来也！"

这一"杀将来也"，就把梳妆台上的一面镜子，杀到地下去了。镜子打破了，碎片溅得到处都是。绍文看到闯了祸，丢下鸡毛掸，拉着"蜘蛛精"就向外逃。

"快走快走！别让我娘知道是我们打破的！"

小草吓坏了，跟着绍文就向外跑，跑了几步，想想不对，取下脖子上的"绿石头"，奔回床边，匆匆往首饰箱里一丢。绍文在门口直着脖子叫"快"，小草也无暇细看，就转身飞奔而去。这条翡翠项链，并没落进首饰盒，它掉在光滑的红缎被面上，又顺着被面，滑落到床底下去了。

桂姨娘的镜子打碎了事小，翡翠项链丢了事大。半小时以后，此事已经闹了个尽人皆知。她在亭子里，找着小草，气急败坏地说："那块翡翠可不是普通东西啊，那是老爷送我的生日礼物呀！好贵重的东西，你怎么敢拿呢？赶快还给我！"

"娘！你说哪个绿石头呀？"绍文问。

"不是石头，是翡翠，翡翠啊！"

"小草！"青青急了，"你怎么乱拿人家的东西？快还给桂姨娘！""我……我……"小草又急又怕，"我放回去了呀！绍文，你不是看到我放回去的吗？"

"是呀！是呀！"绍文慌忙说，"她放回去了！真的！我亲眼看到她放回去的！""你放到哪里去了？现在是不见了！"桂姨娘严厉地盯着小草，"如果你看着喜欢，拿去玩一玩，我也就不追究了，只要你现在把东西交出来就好了！"

世纬忍不住蹲下去，一把握住小草的肩膀。

"听着，要说实话，你到底有没有拿？"

小草一急，眼泪水就涌了出来。

"没有嘛，我放回去了！真的放回去了！"

"桂姨娘！"绍谦挺身而出，"你有没有好好找啊？也许她把它放到别的盒子里去了……"

"哎！"桂姨娘变了脸，"你们是什么意思？难道我还会诬赖她不成？哪有一个懂规矩的孩子会进别人房间去翻首饰盒？我那首饰盒整个摊开，东西全动过了！难道首饰自己有脚会跑路？真是！我就说嘛，交朋友要小心！龙生龙，凤生凤，老鼠生的儿子会打洞！那李大海手脚不干不净，孙女儿八成有遗传！"小草脸色惨白，倒退好大一步。青青已气极地往前一冲，激动地喊："你怎么要这样说话？干吗要扯上她海爷爷？"

"桂姨娘！"绍谦比青青还气，脸都涨红了，"你说的是些什么话！你不怕丢了咱们裴家的脸吗？……"

"我们就事论事，何须出口伤人！"世纬接话，"如果真是小草把项链弄丢了，我赔偿你就是了！"

小草这下子，完全不能控制自己了，泪水爬满了脸，她极受伤、极委屈、极难过地喊：

"我没有拿就是没有拿嘛！我不知道它为什么不在盒子里……你冤枉我，还要骂我的海爷爷！你太欺侮人了嘛……你不信，我给你搜，我只有这个荷包……"她从衣领中掏出荷包来，打开绳结，把里面的东西往地上倒，"给你看，都给你看……"这一倒，乱七八糟的东西散了一地，两粒弹珠跳了跳滚跑了。小草一边擦眼泪，一边满地爬着找弹珠，模样甚是凄惨。"弹珠……"她喃喃地啜泣着，"我的弹珠……"

"我帮你捡！我帮你收起来！"绍文急忙说，看到自己给小草带来这样的灾难，他心中真是难过极了。他手忙脚乱地收着小草的荷包，一面回头对桂姨娘狠狠一跺脚："娘！一块石头丢了就丢了嘛，你为什么要这样子？我恨你！我恨你！"

"啊？"桂姨娘惊愕得眼睛都圆了，"是我丢了东西呀，你们一个个叫得比我都大声……这还有天理吗？"

"不是都给你搜了吗？"青青气极地说，"你还要怎样？把她的皮剥下来给你不成？""呵！你凶什么凶？反正项链最后在小草手上……"

小草收好荷包站起来，又无奈，又情急，哽咽着脱口而出："会不会是那只大狗叼走了？我们出来的时候，瞧见你家那只大黄狗在门口走来走去……说不定你忘了喂它，它太饿了，就把项链给吃了！""胡说八道！"桂姨娘怒极了，一甩袖子，"如此狡猾的孩子，分明就是李大海的真传！"

小草受不了了，掩面痛哭着，夺门而去。绍文追在她后面，绍谦直着脖子对绍文喊：

"绍文！你陪着小草，不要走远了！我们去找项链！知道吗？""知道了！"绍文头也不回地，追着小草去了。

两小时后，项链找到了。是绍谦坚持搬开所有家具，做地毯式的搜寻，给找回来的。绍谦说：

"这项链只有两个可能，一个是还在房间里，一个就是那只狗！如果房间里找不着，我再来剖狗肚子！"

当项链在床底现了形，桂姨娘是说有多歉疚，就有多歉疚。其实，她是个很单纯的女人，就是有些小家子气罢了。讪讪地握着项链，她一迭连声地说：

"真不好意思，冤枉她了！怎么办？怎么办？快把两个孩子找回来！我去厨房，给他们做豆沙锅饼吃！"

但是，小草和绍文没有找回来，他们两个失踪了！

第八章

绍文和小草，足足失踪了五天。

这五天，真是又漫长又痛苦。青青终日以泪洗面，绍谦和世纬跑遍了整个扬州城，无论山边水边运河边……能够想到的地方都去了，包括绍文念过三天半的那所立志小学，也都彻底地搜寻过了，两个孩子就是无影无踪。振廷和静芝，在这些日子里，已经很熟悉小草的身影，和那清脆悦耳的声音，突然间，这身影和声音都消失了，他们也不禁若有所失起来。尤其是振廷，想到这孩子的出走，和她的海爷爷有莫大关系，就更加懊恼。为什么要摧毁这孩子心中的偶像呢？为什么咬定李大海偷钱呢？为什么不能仁慈一些，对她婉转解释呢？为什么要那么"凶"呢？这种懊恼和自责的情绪，使他在回思之余，不禁惊怔。这一生，即使对元凯，他都是声色俱厉，不曾心软过。怎么会对这个孩子，心有所系呢？怎么会对她的失踪，那么焦灼和着急呢？他来不及分析自己的感情，忙着命令茶园和丝厂的工人，连半夜都打着火把，漫山遍野地寻找着两个孩子。裴家是整个翻了天。桂姨娘哭天哭地哭绍文，骂天骂地骂自己："我怎么那么笨啊！为什么不少说几句？为什么要冤枉小草呢？如果绍文有个差错，我不如一头撞死算了！哦哦哦，我的绍文啊！"哭也没有用，骂也没有用，绍文和小草，就是不见了。

经过了漫长的五天，大家都几乎要绝望了。那年代，很多拐子会把孩子拐走，卖去当江湖杂技团的徒弟。他们推想，这两个孩子，都长得珠圆玉润，眉清目秀，如果给坏人看到了，一定凶多吉少。青青掉着泪说：

"小草不会这样待我的！她舍不得离开我的！她也走不远的！这么多天了，她都不回来，一定就是回不来了！她从小没爹没娘，不知道吃了多少苦，现在……如果又被坏人带走了……我怎么能够原谅自己？"

世纬想安慰她，却在心痛之余，连安慰的力气都没有。耳边总是荡漾着小草那清脆的童音：

"你是我的大哥，比亲哥哥还亲！"

什么大哥呢？连个孩子都照顾不好！

大家都沮丧极了，悲痛极了，都失去安慰彼此的力量了。就这样，到了第六天，忽然，奇迹出现了！

这天，绍谦、世纬和青青三个人，放弃了扬州，把搜寻范围扩大，他们坐渡船，来到了镇江。

没想到，这天的镇江，简直是人潮汹涌，热闹极了。原来，这天是迎神的日子，也是镇江一年一度的大庆典，有舞龙舞狮的，有踩高跷的，有扮十八罗汉的……迎神队伍簇拥着一辆花车，车上有扮观音的，扮金童玉女的，扮天女散花的……整个队伍，敲敲打打，一路游行到大庙口。全镇江市的人都为之沸腾了，挤在街上看热闹，放鞭炮。扶老携幼，摩肩擦踵，简直是万人空巷。

一看是这种局面，世纬等三人就想撤退。但是，人潮像波浪般卷了过来，迅速地就把他们三个淹没了。他们身不由己，就随着人潮滚动，进退不得。耳边，只听到群众的欢呼声，议论声："哇！这十八罗汉扮得真好，今年还是第一次看呢！"

"我就是喜欢这个扮观音的，真是美极了！"

"当然啦！咱们江南出美女嘛！这扮观音的姑娘名叫石榴，已经扮了三年的观音了！"

"哎！那对金童玉女也真俊，活脱脱的金童玉女呀！"

世纬等三人，对于十八罗汉、观音菩萨、金童玉女、舞龙舞狮都没兴趣，却困在人群里寸步难行。世纬个子高，伸长脖子看过去，要看看花车为什么进展缓慢。这一看不要紧，怎么观音菩萨前的那对穿着古装衣裳的金童玉女有点儿眼熟？他定睛再看过去，天哪！那不正是踏破铁鞋无觅处的小草和绍文吗？不！世纬重重地一甩头：这是不可能的！一定是自己找小草找得精神恍惚了！他定睛再看，眨眨眼睛又看：明明就是他们两个！小草笑吟吟的，衣带翩然，手持花篮，还在那儿撒花瓣呢！"小草啊！绍文啊！"世纬激动得不得了，"绍谦，青青！你们快看啊！那是不是小草和绍文？"

"在哪儿？在哪儿？"绍谦紧张地问，伸长脖子在人群里到处搜寻。"在花车上！你们看呀，花车上那对金童玉女，是不是他们？"绍谦不相信地看过去，顿时脱口惊呼：

"真的是他们！"他挥舞着手，开始疯狂般地大喊大叫："绍文！小草！绍文！小草！"

青青也看过去，简直喜出望外，高兴得快疯了。

"小草！小草！"她又跳又叫，又哭又笑，"小草！小草！我在这儿啊！是我啊！是青青啊！"

一时间，三个人都跳着脚，在人群中奋力地推攮，嘴中拼了命地吼叫："小草啊！绍文啊！看这边呀！是我们啊！快看这里呀！小草！绍文！小草！绍文！小草……"

最后，三个人开始齐聚了三人的力量，用尽全力，齐声大叫："小草！绍文！小草！绍文！小草！绍文……"

这一番惊天动地的呼叫，使围观的人潮全部震动了，也使那花车上的金童玉女震动了。小草眼尖，发现了他们三个，也顾不得自己是"玉女"了，她推着绍文，又悲又喜地喊着：

"是大哥和青青！还有你哥哥！"

"哥！哥！"绍文跳得老高，差点没有摔到花车下面去。扮观音的石榴姑娘，赶快伸手一把抓住了他。

"你们两个是怎么回事？"石榴急急地问，"你们在扮金童玉女呀，不能乱动呀！""那是我哥哥啊！"绍文急喊，"我们不扮金童玉女了！我们要去找哥哥啊！"

小草早已挥舞着她的花篮，忘形地对三人使劲大叫：

"青青！大哥！是我们啊……"

两方面，隔着一道人河，彼此疯狂大叫。这使整个游行队伍都停下来了。观众惊愕地议论纷纷，花车下的随从人员奔上前去了解状况，一时间，你推我挤，乱成一团。

"各位！各位！"世纬见这样不是办法，急忙大声对周围人群说，"那两个孩子，是我们家遗失了的孩子，我们已经找了好几天，请各位让开一点，让我们家人团圆吧！"

"是呀！是呀！"绍谦也用力地说，"那是我们的弟弟妹妹呀！我们不知道他们怎么会变成金童玉女，但是，他们确实是我们失踪了的弟弟妹妹呀！"

观众更加议论纷纷，你推我挤，局面混乱极了。

就在这种情况下，那扮观音的姑娘俯身和小草说了几句话，就站直身子，手一举，群众立刻安静下来了。因为，大家对"观音"实在太崇拜太尊敬了。"观音"不但"举了手"，而且"开了口"，她朗声地、清脆地、清清楚楚地说了：

"各位乡亲，请听我告诉你们这事的经过，这两个孩子，是前几天在运河边上迷了路，被船夫陈三夫妇发现，救到船上。然后跟着陈三去长江打鱼，打到昨晚才回到镇江。正好我身边缺金童玉女，就让他们两个来扮演。那边的三个人呢，是孩子们的家人，肯定找了好多天。说有多巧，这下子叫他们给遇上了！我相信，这是菩萨显灵，在冥冥中做这样的安排！让他们一家人团圆呀！"

这样一说，不只群众都明白过来，欢声雷动。世纬等三人，也才恍然大悟。原来两个小家伙跟着渔船打鱼去了，怪不得一去不归。又怪不得摇身一变，成了金童玉女！他们三个还没回过神来，只听到人山人海，一片欢呼声：

"菩萨显灵呀！大慈大悲的观音菩萨呀！救苦救难的观音菩萨呀！"一时间，有人念佛，有人念经，好不热闹。

"快把两个孩子送过去吧！"观音又开了口。

"来啊！大家帮帮忙！"花车边的一个大汉喊着，一举手，把小草抱起来，从众人头上传递过去。

"好啊！大家帮忙啊！传孩子啊！"

群众一呼百应，个个伸长手，争着去抱小草和绍文。然后，像接力赛似的，一个传一个，把两个孩子从众人头顶上，传给人河那岸的世纬、青青和绍谦。

两个孩子终于传到了终点。小草落进青青的怀抱里，绍文落进绍谦的怀抱里。小草紧紧抱着青青，又伸长手去搂世纬，嘴里乱七八糟地喊着：

"我好想好想你们啊，可是，我们在船上，没办法呀！回不来呀，我再也不要离开你们了！就是桂姨娘把我骂死，我也不离开你们了！""小草！"世纬急忙说，"项链已经找到了！你不用再担心了！""是吗？"小草满脸发光，"那么，老爷有没有找到他被偷掉的钱呢？"呵！贪心的小草！世纬想着，笑着。观音菩萨就是显灵，也不能显得这么面面俱到呀！他还来不及说什么，只见绍谦站直了身子，满脸堆着笑，用手圈在嘴上，对那"观音"喊话过去："多谢观音菩萨！"那位观音一直对那边望着，很关心的样子。听到这句话，她不禁嫣然一笑。"观音笑了！观音笑了！"群众吼声震天。

岂止观音笑了？世纬笑了，青青笑了，绍谦笑了，小草笑了，绍文笑了，十八罗汉也笑了，连那条龙和四只狮子，全都笑了。还有那成千成万的群众，人人都笑了！镇江市一年一度的庙会，就以今年的最为精彩。

别提那天晚上，两个家庭里有多少喜悦。也别提两个孩子，叽叽呱呱，有多少说不完的故事。渔船啦，渔夫啦，渔火啦，码头啦，船上生活啦，撒网入水啦，还有那些鹈鹕鸟，它们会把鱼装在喉咙里，再吐出来给主人……小草整个晚上，说啊说啊都不要睡觉，振廷、静芝、月娘、青青、世纬……听啊听啊也都不要睡觉。人生，若不是有离别，怎知道重逢最好？

第
九
章

　　就是为了寻找小草，世纬才发现扬州城有那么一所无人管理的小学。这小学唯一的老师兼校长，已经被顽劣的学童给气走了。数十位学生，高兴来就来，不高兴来就不来。到了学校也无书可念，但是，孩子们很爱来学校，一来可以聚众嬉闹，二来可以逃避下田做工。学校就成为孩子们的一个大娱乐场。找寻小草那天，绍谦和世纬，碰到了学校里仅存的一个老校工。校工耳朵也背了，眼睛也花了，拿了一个铃铛，在无课可上的情况下，仍然很忠于职守地摇上课铃。学生们却充耳不闻，嘻嘻哈哈地满校园奔来跑去。老校工脾气特好，笑吟吟地也不生气，对世纬二人的问题，完全答非所问。

　　"老张，你有没有看到我弟弟绍文？"

　　"你叫我少混啊？没办法啦！我要能教书就当校长了！除了摇摇铃，打打杂，我还能做什么呢？"

　　"又不是说你少混，是问你绍文！"绍谦着急地说，"那你有没看到一个小姑娘，这么高，梳小辫，叫小草……"

老张很努力地听，一面点头，一面大声说：

"校长？校长早就走啦！不干啦！""小姑娘，小女孩儿。"绍谦比划着。

"没办法呀！"老张一脸惭愧，"我就是窝囊啊，我老婆也骂我窝囊啊……"简直和他扯不清。绍谦无奈，和世纬扯开喉咙自己找，在学校里大声呼前喊后："绍文！小草，你们在哪儿啊？绍文！小草……"

老张好生感激，忙着一面摇铃，一面对二人鞠躬：

"真是不敢当，要你们帮我喊！我自个儿来吧，不劳驾你们啦！"他就声如洪钟地喊起来了："大全！豆豆！小虎！来宝！来福……上课啦！上课啦……"

那天的校园寻访，就这样告一段落。后来，小草和绍文找到了，世纬也把这所小学给忘了。直到有一天，他正在傅家庄的花园里，和绍谦大谈他要去广州的抱负。谈着谈着，有人急促地敲门，几个孩子的声音，在门外大喊：

"救命！救命啊！快开门啊！救救我们啊！"

世纬和绍谦冲到门边，打开大门，三个八九岁的孩子就跌进门来。世纬还没闹清楚怎么回事，"嗖"的一声，有颗小石子激射而来，正中世纬的腹部。绍谦已大踏步冲过去，迅速地伸手揪住了一个粗粗壮壮的男孩子，那男孩挣扎着，暴怒地吼着，手里握着一把弹弓。

"放开我！放开我！""你叫小虎子，是吧？"绍谦一把夺走了他的弹弓，"你就会欺侮比你小的同学，是吧？"

"还我弹弓！"小虎子嚷着，扑到绍谦身上去抢，绍谦把弹弓举得高高的，就是不还给他。小虎子抬起脚，使劲地对绍谦踹去。绍谦又好气又好笑，伸脚一勾一带，就把他给摔倒在地。小虎子跳起身，不服气地再扑过来，绍谦只伸出左手，小虎子又被摆平了。"好了好了！"世纬出来打圆场，"我看这些孩子，是精力过旺。居然满街满巷地追杀起来了！这样吧！"他对小虎子说，"你跟我回学校，我们还你弹弓！"

于是，世纬和绍谦，带着几个孩子回到学校。不知怎的，世纬就领着一群孩子，在操场踢起足球来。事实上，那不是足球，只是在储藏室找来的一个破篮球，但是大家却踢得兴高采烈。一场足球踢下来，个个孩子满头大汗，红光满面。绍谦不甘寂寞，又教孩子们舞花枪，拿着几根破竹竿，舞了个虎虎生风。孩子们十分崇拜，兴致高昂，也舞得落花流水。

当孩子们玩够了，世纬把他们带进了教室。

"有没有人愿意告诉我你们的名字？"他问。

孩子们争相举手。来宝、来福、万发、阿长、小勇、小八、豆豆、阿辉、阿顺、大全、小建……真是热闹极了。

"有没有人能够在黑板上写出自己的名字？"

孩子们全傻了。"来来来！写写看！没关系的！"

孩子们上来了，各写各的。"宝"字少了下面的贝，"福"字少了中间的口，"发"字头尾分了家，"辉"字左右隔了好几里，"勇"字没有力，"建"字没有边……简直是惨不忍睹。

离开了学校，世纬沉吟地对绍谦说：

"不知怎样才能接管这所小学，需要去县政府备案吗？我看我们两个，闲着也是闲着。除非我能马上动身去广州，不然，就需要找点事做。我看，我来教他们读书，你来教他们体育，如何？""你说真的？"绍谦惊愕地问，"你真要教这些顽童，不怕大材小用？""什么大材小用！"世纬答得坦率，"教育永远是人类最根本的工作。而且，小草和绍文，也应该念书识字，这样荒废着不是办法。将来，他们长大了，面对的社会，不会再像现在这样落后和无知。""好呀！"绍谦想想，忽然大乐，"好极了，你既然有这个兴致，我一定奉陪！明天我就去县政府跑一趟，县长一定会乐坏了！说真的，我就怕你去广州，只要你不去广州，你干什么我都奉陪！""我去我的广州，你怕什么怕？"世纬一怔。

"怎么不怕！你去了广州，我怎么办？"绍谦睁大了眼睛，摊着手说。"你有什么难办的？""当然难办了！"绍谦嚷着，"我说叫我爹去提亲，你说要我慢慢来，说什么你会支持我，结果我这水磨功夫磨得慢极了，你的支持也不见什么效果……假若你去广州，青青当然跟着你这哥哥去！那么，我要怎么办？"

世纬愣住了。看着绍谦那坦白的、真挚的、热切的面孔，忽然间，就心烦气躁起来。在他内心深处，去广州是一条必行之路，但是，现在却有多少牵绊呀！青青、小草、静芝、绍谦……怎么，那广州好像离自己越来越远了。

世纬就这样走进了立志小学，开始他的教书生涯。县长发现他有这么好的资历，居然肯来接管小学，太高兴了，立刻委派他做校长。他成了立志小学的校长，手下只有一位教员，就是绍谦。他们两个，对这样的安排都很满意。小草也这样走进志立小学，开始她的读书生涯。虽然，振廷对世纬去教书，简直是大惑不解，他皱着眉问：

"县长有没有说，可以给你们多少薪水呢？"

"这倒没有问！""你这不是奇怪吗？"振廷愕然地说，"我那绣厂、丝厂、绸缎庄、纺织厂任你选！那才是家里祖传的事业！"

"不不！"世纬急忙说，"我对做生意一窍不通，教教书还可以……最主要的是我有兴趣。反正，都是暂时做做而已，不在乎什么待遇！""可是……"振廷还要说什么，静芝已急忙扑过来，哀声地喊："振廷，他要做什么，你就让他做什么吧！不要再限制他了！只要他肯留下来，他做什么都可以！我不在乎，媳妇儿也不在乎，你就少说两句吧！"

振廷瞪着静芝，欲言又止。青青每次被静芝唤作媳妇儿，都会面红耳赤浑身不自在。世纬见自己这"假儿子"的身份越搞越真，连振廷都有些迷糊起来，居然要自己去做"祖传的事业"，就把眉头皱得紧紧的。只有小草好兴奋，拉着青青的手欢声说："我要去上学了！青青，我要进学堂了！以前在东山村，我看到别人去上学，我都好羡慕，现在，我也可以进学堂念书了！"世纬和小草，都兴冲冲地去了学校。可是，在这上课的第一天，两人都非常不顺利。

先说世纬。世纬走进教室的时候，已经发现小虎子、万发、阿长、大全这几个较大的孩子，有点儿鬼鬼祟祟。但是，他一点戒心都没有。在讲台上刚站定，小虎子举手说：

"老师，你的课本在抽屉里！我们上次上到第五课，顾老师就走了，不教了！""哦！"世纬高兴地说，"好极了！让我看看你们念过些什么。"说着，他就一把拉开了抽屉。

骤然间，一条彩色斑斓的大蛇，从抽屉里直窜而出。世纬在北方长大，北方很少有蛇。他这一吓，非同小可，一面惊叫，一面动作好大地跳开，连椅子都撞倒了。小虎子、万发、阿长等爆笑起来。但是，那条蛇已落在地上，蜿蜒地向孩子们游去。来福、来宝、豆豆……包括小草和绍文，都吓得尖声大叫，有的跳到桌子上，有的夺门而逃。一时间，跑的跑，叫的叫，跳的跳，笑的笑……教室里秩序大乱。

世纬来不及思想，救孩子要紧！他冲上前去，出于本能地抬起脚来，对着那条蛇的脑袋就用力踩下去。他听到小虎子一声惨叫："不要踩它！不要踩它！"

来不及了，他已经把蛇踩死了。小草扑过来，紧张地问：

"大哥，你有没有被蛇咬到？"

一句话提醒了世纬，卷起裤管一看，才发现有好几处咬痕，正渗出血来。小草脸色都吓白了：

"不知道有没有毒？怎么办？"

绍谦冲进教室，一看这等情况，跌脚大叹：

"你怎么用脚去踩蛇啊？把蛇头踩了个稀巴烂，也看不出是什么蛇……"他抬头对众学童严厉地看去："小虎子，是不是你搞的鬼？你说！"小虎子脸色早已惨变，此时，再也忍不住，眼泪一掉，他放声大哭，转头飞奔出了教室，嘴里乱七八糟地嚷着：

"我恨你们！我恨你们！我要报仇！"

"怎么回事？"绍谦大惑不解。

"这条蛇的名字叫小花，"大全这才说了出来，"它没有毒，好温驯的……它是小虎子养的……是小虎子最心爱的宝贝！"

完了！世纬想，上课第一天，就把这孩子的宠物给踩死了。他看着地上那条蛇，整个人都呆住了。

再说小草。小草穿了一双新鞋，这鞋子是青青花了好多天时间，夜以继日，帮小草缝制的。去学校上课，不能穿新衣服，也得穿双新鞋。小草看到青青为这双鞋熬夜不睡，用力纳鞋底，粗麻线把手指都抽破了，小草好不忍心，对自己那双新鞋，真是爱得不得了。这天下午，"小花殉难"的事件已经过去。小虎子在世纬的百般安慰下，似乎也已平静了。上完体育课，小草要到井边去打水洗手。才走到走廊转角处，小虎子突然跳了出来，拉住她的辫子，就往后用力一拽。

"啊！"她痛得叫了起来。还没回过神来，已经有人用力对她的脚踩了下去，她又叫了起来："啊！"

忽然间，大全、阿长、万发、小八……好多好多孩子，都涌了过来，小虎子扯住她的辫子，对众人发令：

"快点快点，一人踩一脚！"

于是，大家就纷纷地上前，每个人对着她的新鞋，狠狠地踩上一脚。由于痛，由于惊慌，更由于心痛那双鞋，她哭了起来，一面哭着，一面哀求着：

"不要不要，不要踩我的新鞋，这是青青一针一线给我缝的呀……""穿新鞋就要给大家踩！"小虎子凶凶地说，"来！

大家踩！用力踩！"每个人都跑来踩。只有女孩儿豆豆，怯怯地摇着头，怜悯地说："不要踩了啦，她都哭了！"

"你踩不踩？"小虎子威胁豆豆，"不踩就踩你！"

正闹着，绍文飞奔而来，见状大惊。

"你们干什么欺侮小草？我告诉我哥去！"

孩子们立即一哄而散，剩下小草和绍文。小草低头看自己的新鞋，已经被踩得全是泥泞，面目全非。她蹲下身子，抚摸着那滚着红缎边的鞋面，泪水滴滴答答地滚落了下来。绍文则气得掀眉瞪眼，拉着小草说：

"走走走！我们去找我哥和你哥，让他们主持公道！我哥一定会帮你出气的！走呀！""不要嘛！"小草用手背擦了擦眼泪，"拜托拜托你，咱们谁也不要说了，大哥被蛇咬了，他已经很难过。如果再知道我被欺侮，他会更难过的！算了算了，你陪我去井边上洗鞋子，我一定要把鞋子洗干净，不能让青青看到，我的鞋子变成这个样子！""可是我很生气呀！"绍文摩拳又擦掌，"我们不能这样就算了！我太生气太生气了！"他咬牙切齿地说，"你不说，我去说！""求求你不要去嘛！"小草一急，泪珠又滚滚而下，"如果大哥知道了，青青也会知道的！我不要让她知道，她会好伤心好伤心的！"说着，就抽抽噎噎，更加泪不可止。

"好嘛好嘛，"绍文最怕女孩子哭，慌忙说，"你别哭，我不说就是了！走吧！陪你洗鞋子去！"

结果，为了怕青青难过，世纬和小草，双双隐瞒了上课的情形。世纬没说被蛇咬，小草也没说被欺侮。

第十章

　　青青以为世纬和小草，都已找到生活的目标。一个教书，一个读书，这是多么美妙的事情！假若世纬因此再也不轻言离去，那就是她最大的梦想和希望了！这扬州山明水秀，风和日丽，不像北方那样萧索和荒凉。假如……假如……自己能留在这个地方，不再漂泊，岂不是今生最大的幸福？假如……假如……婆婆那句"媳妇儿"，能够弄假成真，岂不是……这样想着，她就忍不住耳热心跳起来。世纬世纬啊，她心里低问着，你到底是什么居心呢？你一定要把我让给绍谦吗？想到绍谦，她的心绪更加紊乱了。那热情真挚，又带着几分孩子气的绍谦，确实有动人心处！如果自己没有先入为主的世纬，一定会对绍谦倾心的。或者，自己应该把对世纬的感情收回，全部转移到绍谦身上，这样，说不定就皆大欢喜了！那该死的何世纬，他到底是木讷无知呢，还是根本不把她放在眼底心上？不能想。她摇摇头。想太多就会变成婆婆一样。她把那些恼人的思绪抛诸脑后，开始安排自己的生活。世纬和小草，各有所归，每天清晨就去学校，傍晚时分才回来，她却长日漫漫，不知怎样度过。于是，她去求静芝和月娘，能否也给她一份工作。月娘非常热心，正好绣厂中缺乏刺绣的女红，于是，青青就进了绣厂。江南的苏绣，和湖南的湘绣同样有名。青青是北方姑娘，大手大脚，对刺绣这等精细的工作，本来并不娴熟。好在，青青年轻，又一心求好，学习得非常努力。再加上，第一次看到绣厂中这么多姑娘，端着绣花绷子，耳鬓厮磨，轻言细语的，也真别有情调。再再加上，那上班的第一天，她发现了一件事，就高兴得不得了。

这天，她拉着一个姑娘的手，站在立志小学的门外，等世纬、绍谦他们放学。当两个老师带着一群孩子出了校门，青青就急切地把那个姑娘推上前去。

"你们看看，认不认得她？"

世纬和绍谦一抬头，只见这位姑娘，浅笑盈盈地面对着他们。明眸皓齿，玉立修长，美得不可方物。两人都觉得眼前一亮，还来不及反应，小草已脱口惊呼：

"石榴姐姐啊！观音菩萨啊！你怎么在这里呢？"

观音菩萨？两人再定睛细看，可不是吗？明明就是那位大慈大悲、救苦救难的观音呀！绍谦推着世纬，无法置信地嚷着："你瞧你瞧，这观音下凡，不一样就是不一样！让人瞧着就想顶礼膜拜！真是漂亮啊！"

"观音"被这样直接的赞美，弄得脸都红了。

"哇！"世纬太意外了，"你们两个，怎么会在一起呢？"

"说来，你一定不会相信！"青青笑得灿烂，"原来石榴在傅老爷的绣厂上班呀！我今天去绣厂工作，石榴来教我绣花，我这一瞧，真吓了一跳呢！简直不敢相信呀！有观音菩萨来教我，我还能绣不好吗？"

"石榴姐姐，你不是在镇江吗？"绍文好奇地问，"你怎么到扬州来了？""其实，我是扬州人。"石榴清清脆脆地开了口，声音就像那天一样，和煦如春风，"我外公是镇江人。所以，那天我去镇江扮观音，扮完观音，就回到扬州来工作。事实上，我在傅家绣厂，已经做了三年了！"

"太好了！"世纬笑着说，"我现在必须相信，人与人之间，有那么一种奇异的缘分，有缘的人，不论是天南地北，总会相遇。""有学问的人，不论是上山下海，总能说上一套！"绍谦接话。大家都笑了起来。从此，在扬州的山前水畔，世纬等三大两小的"五人行"，就增加了石榴一个，变成"六人行"了。青春做伴，花月春风。这六个人还真正有段美好的时光。

但是，青青在欢乐之余，情绪却越来越不稳定。她本来就不是个脾气很好的人，她倔强、好胜、冲动，又容易受伤。现在，在每晚对世纬的期待之中，她逐渐体会到自我的失落。小草的琅琅书声，更唤起了她强烈的自卑感。没念过书的乡下姑娘，既非大家闺秀，又非名门之女，凭什么有资格做梦呢？可是，她有时就会恍恍惚惚的，忘了自己是谁。

然后，有一天晚上，她发现世纬的脚踝肿得好大，走路都一跛一跛的了。她冲过去一看，吓了好大一跳。

"你的脚是怎么回事？是扭伤了，还是摔伤了？"

"是被蛇咬到了！"小草在一边，冲口而出，"已经好多天了，大哥也不看医生，又不许我讲……现在肿成这样子，也不知道那条蛇有毒还是没毒！"

"什么？被蛇咬了？快给我看！"青青不由分说，就卷高了世纬的裤管，看着那已经发炎的伤口，急得眼圈都红了，"你瞧你瞧，都已经灌脓了，你是怎么回事嘛？为什么不说呢？为什么不治呢？小草！赶快把我的针线包拿来，再拿一盒火柴来！""我已经擦过药了，"世纬急忙说，"我想没关系，明天就会好了！你拿针线干什么？"

"别动！"青青按住他的脚，自己跪在他面前，把那只脚放在一张矮凳上。"我们乡下，有治伤口发炎的土办法，蛮管用的，就是有点疼，你忍着点儿！"说着，她就拿一支针，用火细细地烤，把针都烤红了，然后，就用针去挑他伤口周围的水疱，再用力挤，直到挤出血来。世纬被她这样一折腾，真是痛彻心扉，忍不住说："请问你得扎多少个孔才够？"

青青一抬头，眼里竟闪着泪光，她哽咽着说：

"我知道很疼，可是没办法，你还要再忍一忍！"说着，她就对那伤口俯下头去，用力吸吮着。

"老天！"世纬挣扎着，大惊失色，"我不让你做这种事！你别这样！快起来！快起来！"

青青置若罔闻，按着世纬的脚，她没命地吸着。小草慌忙捧了痰盂，站在旁边伺候着。青青迅速地吸一口，啐一口，全神贯注在那伤口上。世纬放弃挣扎,内心骤然间汹涌激荡,伤口的疼痛,像火灼般蔓延开来,烧灼着他所有的神经,所有的意识。青青吸了半天,再检视那伤口,只见干净的、新鲜的血色,已取代了原来暗浊的淤血。她这才长长地吐出一口气来,说:"行了!现在可以擦药了!最好有干净的纱布,可以把伤口包起来……""我去找月娘拿药膏和纱布!"小草放下痰盂,转身就奔了出去。青青听不到世纬任何的声音,觉得有点奇怪,她抬起头来,立刻接触到世纬灼热的眼光。她怔住了!心脏猛地怦然狂跳。这种眼光,她从未见过。如此闪亮,如此专注,如此鸷猛……像火般燃烧,像水般汹涌,无论是火还是水,都在吞噬着她,卷没着她。她跪在那儿,完全不能移动,不能出声。迎视着这样的眼光,她竟然痴了。

两个人就这样彼此凝视着。天地万物,在这一瞬间,全体化为虚无。时间静止,空气凝聚,四周一点儿声音都没有,只有两人的呼吸声,越来越急促,越来越沉重。

然后,世纬身不由己,他伸手去轻触青青的发梢,手指沿着她的面颊,滑落到她的唇边。她的嘴唇热热的,湿润的。她的眼光死死地缠着他,嘴唇依恋着他的手指。大大的眼睛里,逐渐充满了泪。一滴泪珠滑落下面颊,落在他的手指上。他整个人一抽,好像被火山喷出的熔浆溅到,立即是一阵烧灼般的痛楚。他的神志昏沉,他的思想停顿,他的血液沸腾……就在这时候,小草捧着一大堆东西,急冲进来。

"来了!来了!"她一迭连声地嚷着,"又有纱布,又有棉花,还有什么什么解毒散,什么什么消肿丸,我全都拿来了……"世纬一个惊跳，醒了过来。迅速地抽回了手，他跳起身子，十分狼狈地冲向窗边去。青青正陷在某种狂欢中，不知自己身在何方，也不知道自己身在何年。世纬这突兀的举动，把她骤然间带回到现在。"不要这样对我！"世纬的声音沙哑，头也不回，"我不要耽误你，也不允许你耽误我！所以，不要对我好，不准对我好！知道吗？知道吗？"青青张着嘴，吸着气，狂热的心一下子降到冰点。她仍然跪在那儿，不敢相信地看着世纬的背影。

"大哥，青青，"小草吓坏了，不知道这两人是怎么回事，小小声地说，"你们怎么了？不是要上药，要包纱布吗？……""不要纱布！不要上药！什么都不要！"世纬一回头，眼光凶恶，声音严厉，"你们走！马上走！快走啊！"

青青眼泪簌簌滚落，她急急站起，回头就跑。由于跪久了，脚步踉跄。小草把手上的纱布药棉往床上一放，对世纬跺着脚说："你为什么要这样对青青吗？你太过分了！太过分了！青青会哭的，你知道吗？你每次凶了她，她都会躺在床上掉眼泪的，你知道吗？"

回过身子，她追着青青而去。

世纬目送她们两人消失了身影，心中像堵了一块石头，说不出有多难过。他重重地往窗子靠去，后脑勺在窗棂上撞得砰然作响。这件"太过分"的事，小草很快就忘了。因为学校里还有好多好多事情要面对。但是，青青却忘不了。她不知道那天的欢乐，怎么会消失得那么快，更不知道世纬怎会如此喜怒无常。但是，有一点，她是深深了解的，世纬宁可把她推给绍谦，就是不想要她。绍谦，他是她的另一个烦恼。

绣厂中，每天中午吃饭时都有一段休息时间，不知何时开始，绍谦常常带着好吃的东西，送来给青青和石榴吃。每次，小草和绍文不甘寂寞，总是跟着来，世纬应该很识相才对，可是，不知怎么，他也会跟在后面。来了之后，又这也不对、那也不对的问题多多。自从"治蛇咬"之后，世纬一直避免和青青单独相处。但，在"六人行"中，他又不肯真正落单。于是，绍谦发现，要和青青讲两句知心话，简直不是一件容易的事。青青周围，永远围着一大群人。而世纬的承诺和支持，又一点效果都没有。甚至于，他有时觉得，这世纬成事不足，败事有余，常在有意无意间，破坏了他百般制造的机会。他对世纬，实在有气。书呆子就是书呆子，就像管学校一样，他坚持要实行"爱的教育"，反对绍谦用体罚，结果孩子们顽劣如故，常常欺负绍文和小草。但他宁可弟妹被欺负，也不肯改变教育方法。真是个顽固的书呆子！绍谦对世纬，是一肚子的无可奈何。

这天，他好不容易，逮住了一个机会，看到青青单独在绣厂的花园里走动。他四顾无人，冲上前去，拉住她就跑。嘴里急急地说："我有要紧事要跟你说！"

青青没办法，被他一直拉到绣厂隔壁的文峰塔。

"到底有什么事，你快说吧！"青青有些不安。

绍谦满头大汗，掏出手帕来扇着风，眼睛东张西望，就是不敢看青青，一副手足失措的样子。

"好热啊！"他紧张兮兮，刚擦掉额上的汗，鼻尖上又冒出汗来，"你热不热？"青青又好气又好笑，又心有不忍。

"你不是说有要紧事吗？你说还是不说啊？"

"哦，好好好，我说！我说！"他飞快地看她一眼，脸涨红了，支支吾吾地说，"是是……这样子的，算一算呢，我们交往也有一段日子了……关于我这个人怎么样，还有我对你怎么样，你就算没有十分清楚，好歹也有个七分了解。所以……我……我……""不要说了！"青青一急，慌忙阻止。

"怎么了？"绍谦怔了怔，"我还没有说到主题呢！"

"我叫你别说，你就别说了嘛！"青青开始倒退。

"为什么呢？"绍谦一急，也不害臊了，身不由己地跟着她走过去，"最重要的部分我还没讲到呀！我要你嫁给我呀！"

青青脚下，一根大树根绊了绊，她站不稳，差一点摔一跤。绍谦慌忙伸手扶住，青青又慌忙挣开绍谦的手，两人都闹了个手忙脚乱。青青心烦意乱之余，眼中就充泪了，绍谦一看这等局面，挥手就给了自己一耳光。

"瞧！我这张笨嘴！明明是'求亲'嘛，却给我搞得像'逼亲'似的！"青青见此，方寸大乱，泪汪汪地瞪着绍谦，一句话也说不出来。"喂喂，"绍谦着急地说，"你可别哭，别生气呀！我知道我的口才差劲极了！可我有什么法子？从小我就爱拳脚不爱念书，现在后悔也来不及了！不管怎么说，我最少还有两样优点，一我身体棒，二我绝对能够保护你，虽然我不会讲好听的话，可我这个人，从头到脚都实实在在的啊！"

青青仍然不说话。"你嫌我哪里不好，我还可以改！"绍谦更急了，"我好不容易把话说出口了，你也回我一句话呀……"

青青再也无法沉默了。她哽咽着开了口：

"绍谦，你的求亲，让我好感动，我这样一个人……能够有你这么好的男人来求亲……真是我前生修来的……可是，我不能够答应你！有许多事，你根本不了解……我……我……就是不能答应你！"说完，她的眼泪夺眶而出，掩面飞奔而去。

剩下绍谦呆呆地站着，又沮丧，又失意，又自责。

"笨！"他喃喃地自语，"一定是我把话讲得太急了！太直接了！应该要婉转一点呀，应该要先表明心迹呀……瞧，事情被我弄砸了！笨！"他抓抓头，抹去额上的汗，"对，快找世纬商量大计，看还有补救的办法没有。"

他转身就去找世纬了。

第十一章

就在绍谦去找世纬"共商大计"的时候，青青也找了石榴"一吐真情"。在这"观音菩萨"面前，她似乎可以"得救"。再也无法隐瞒自己的身世，再也无法承受两个男人给她的压力，她终于把一些心头的秘密，向石榴和盘托出了。

当石榴知道她和世纬，根本不是兄妹时，惊讶得眼睛睁了好大好大。然后，她细细沉思，顿时恍然大悟。

"原来，那个何世纬，才是你的心上人啊！"她坦率地说，一对颖慧的眸子，直看到青青内心深处去，"我这才明白了！这些日子来，我一直觉得你们三个人怪怪的，现在我全明白了！怪不得绍谦每次来找你，世纬总跟着来，一副老大不痛快的样子！原来，原来他根本在吃醋呀！"

"什么？"青青大大一震，盯着石榴问，"有吗？他真的有吃醋吗？我看他巴不得我赶快嫁给绍谦呢！"

"不不不！"石榴急忙摇头，"他肯定是喜欢你的！每次，他的眼睛总是盯着你，你笑，他也笑；你皱眉，他也皱眉……他明明是喜欢你呀！"石榴抓住了青青，"你是当局者迷，我是旁观者清啊！""真的吗？"青青的呼吸都急促了起来，想到治蛇毒的那个晚上，他的手指，曾轻触过她的嘴唇。她不自禁地就抿了抿嘴唇，那手指的余温似乎还留在唇上呢！石榴凝视着她，看她这种神思恍惚的样子，心中已全然明白，不禁着急地问：

"你们两个，是在开绍谦的玩笑吗？那裴绍谦是个耿直的人，不会跟着你们兜圈子啊！到底，你们三个人之间，是怎么回事呢？""我比你更糊涂啊！"青青委屈而激动地说，"你说世纬喜欢我，可是，他不要我啊！他拼命把我推给绍谦，绍谦又什么都不知道，就是缠着我又送花又送树的，我被他们两个人搞得晕头转向，乱七八糟，你根本不晓得我有多倒霉！"

石榴定定地看了她好一会儿。

"依我看……"她慢吞吞地说，"他们两个大男人，才被你弄得晕头转向、乱七八糟呢！"

青青一惊，震动地去看石榴。石榴对她温柔一笑，眉梢眼底，硬是有"观音菩萨"那种"救苦救难"的慈祥。

"听我说！青青。"她恳切而真挚地说，"这件事不好玩。如果你心里根本没有绍谦，你要趁早让他知道，免得他剃头担子一头热，将来怎么收拾才好，你要帮他想想啊！至于世纬……你是不是也应该好好跟他谈一谈呢？"

"怎么谈？"青青无助地说，"我和他根本没有办法谈话，每次都会生气，每次都弄了个脸红脖子粗，不是他对我吼，就是我对他吼……你不知道他那个人有多难弄……我一定是前辈子欠了他的！"石榴静静地瞅着她，点了点头。

"所以我们管小两口，叫作'冤家'啊！"

青青的心，怦然一跳。瞪着石榴，她张口结舌。心里却有些醒悟了。这天晚上，世纬在房间里踱方步。他不断地从房间这一头，走到那一头，又从房间那一头，走到这一头。心里像有一锅沸油，翻腾滚滚，煎熬着自己那纷纷乱乱的感情。绍谦下午，在学校办公室向他"求救"，把他那已经理不清的感情，弄得更加混乱了。"你说你会支持我的，你赶快去帮我对她说，"绍谦急切地说，"你告诉她，我不逼她，我等她！我不急，反正二十多年都过了，也没讨媳妇儿！再等个三年两载，都没关系！只要你老哥，别把她带到广州去！"

怎么办？怎么对青青说呢？要她嫁给绍谦？真要她嫁给绍谦吗？舍得吗？真舍得吗？

他正烦恼不已，青青来了。

青青走进房间，关上房门，抬头定定地看着他。满脸的勇敢，满眼睛的坚决。声音清脆而有力：

"我来跟你说几句话，说完就走！"她吸了口气，"今天绍谦向我求亲，我拒绝他。虽然他还弄不清楚是怎么回事，可是，我会慢慢让他弄清楚！我觉得，一个好女孩是不可以欺骗别人的，我不要让他认为被骗了！因为，这许许多多日子以来，我心里从来没有别的男人，只有你！"

世纬太震动了！睁大眼睛，他一瞬不瞬地盯着她。不能喘息，不能说话。"我知道我配不上你，你是大少爷，念了一肚子的书，有学问，有理想，还有一个门当户对的未婚妻！我呢？家庭、地位、学识……什么都没有！可是，我今天清清楚楚地告诉你，是你招惹了我的！如果你够狠心，你早就该摆脱掉我，你一直不摆脱我，现在，就太晚了！"

世纬的眼睛睁得更大了。

"我知道，你现在留在傅家庄，不过是为了安慰瞎婆婆，迟早，你是要去广州的！什么立志小学，什么青青小草，都不在你心里！说不定有一天你烦了，卷了铺盖，你就走了个无影无踪！就连你北京老家，你的亲生父母，都不曾留住你，我们这些老老小小，和你非亲非故，又凭什么来留住你！所以，当你要走的时候，你尽管走！至于我呢……"她拉长了声音，用力地说出来，"我反正跟定你了！"

"啊？"世纬终于吐出一个字来。

"你不要啊来啊去的！"青青哑声一吼，气势汹汹，"你放心，我还不至于那么老脸皮厚，我已经说了，我知道配不上你，也不敢痴心妄想什么。可是，我可以帮你洗衣服、烧饭、钉纽扣、做鞋子……照顾你的生活起居，说得再明白一点，我可以做丫头做用人，我不在乎的！"

"啊？"世纬又忍不住啊了一句。

"再说，你这个人是很容易受伤的！"青青急忙补充，"一会儿头打破了，一会儿脚被蛇咬……简直没片刻安宁，我如果不守着你，不知道你还会出什么状况！不过，你放心，我也给自己定出一个时间限制，时间一到，不用你赶我，我掉头就走，连丫头都不做！"

"啊？"他越听越奇，还有"时间限制"？ "那个时间就是……"青青深深抽了口气，"你结婚的时候！等你把华家小姐娶进门，我就立刻离开你，再也不纠缠你了！好了！"她硬生生地一转身子，"我的话已经说完了！我走了！""慢着！"他一伸手，拉住了她，"你说完了？"

"说完了！"他抓住她的胳臂，深深地去凝视她的眼睛。她一阵心浮气躁，顿时勇气全消，垂下睫毛，她身子一挺，挣扎着甩开了他。他大踏步向前，再度捉住她，把她用力一带，就带进了臂弯里："你说完了，是不是也该我说一句了呢？"

"你要说的话，我全都听过了！"她扭动身子。

"这句话你一定没听过！"他的声音低沉而沙哑。

"什么？""我……爱你！"他碍口地、生涩地、艰难地吐出这三个字。然后，他一俯头，就紧紧地吻住了她。

青青的心脏狂跳，她闭上眼睛，天地万物，全化为虚无。至于自己身在何处，身在何年，她又完全都不知道了。

第二天，世纬在学校中面对绍谦，心里真是惭愧极了。他已经答应了青青，要和绍谦说个明白。绍谦也追着他，满脸的焦灼与迫切。看到世纬充满歉意的眼光，和几乎是犯了罪似的表情，绍谦的心就沉进了地底。

"看来我真的没希望了，是吧？"他盯着世纬问。

"绍谦！"世纬简直不敢迎视绍谦的眼光，他吞吞吐吐地说，"我真对不起你，请……原谅我！"

"什么话？"绍谦泄气地一击掌，又去敲自己的脑袋，

"是我自己不争气，笨头笨脑搞砸的！不关你的事嘛！我知道你已经尽了力，能帮的也都帮了！"

"不！你不懂，"世纬痛苦地说，"我根本没帮你，我是你的绊脚石……你却始终被蒙在鼓里！"

"你在说些什么呢？"绍谦愕然了。

"听我说！"世纬鼓足勇气，一口气说了出来，"我跟青青不是兄妹！我们非亲非故，她和小草才是邻居，我们三个是误打误撞地凑在一块儿的，原来我只打算把她们送到傅家庄就走，谁知道出了一大堆状况，我居然走不了，当时为了简单起见，就自称是兄妹……所以，我不只是个假儿子，也是个假哥哥！""哦？"绍谦听得一愣一愣的，他皱着眉头，被搅得头昏脑涨。单纯的他，一时间，脑筋完全转不了弯。"假哥哥！假哥哥？"他念叨着。"是啊！"世纬接话，更快地说，"更糟糕的是，我早已在不知不觉中，爱上了我这个假妹妹！"

"你……你在说什么？"绍谦完全呆了。

"我在说……"世纬心一横，脱口而出，"我和青青，彼此相爱呀！"绍谦一脸的震惊，瞪着世纬，半晌说不出话来。

"我知道你在一时之间，一定不能接受，"世纬急急地说，"我也不知道要怎么样对你解释才好！总之，这是事实，我和青青，一路结伴来扬州，彼此保护，彼此照顾……大概老早老早，就彼此有情了！""这太荒唐了！"绍谦喃喃地说，"不可能的！"

"可能的可能的！"世纬慌忙接话，"本来我是诚心诚意要把她嫁给你的，因为你才能给她一个安定的家，和完整的爱，我是注定要漂泊和流浪的！谁知道，我竟然情不自禁地爱上了她……对不起，绍谦，我说不出有多么抱歉……"

绍谦注意地听，努力地试图了解，他终于有点明白，是怎么一回事了。"所以……你根本是个假哥哥！"他嘟囔着。

"是的。""所以……你根本爱着青青的……"

"是的。""所以，你从没有支持过我什么，帮助过我什么，你尽扯我后腿，把我当傻子一样玩弄着……"

"不，不是的……"他话还没说完，绍谦冲过去，一手揪起他胸前的衣服，一手就抡起拳头，对准他的下巴，他大吼着：

"我打死你！我打死你这个假哥哥！"

"你打你打！"世纬昂着下巴，准备挨这一拳，"是我欠你的！你打吧！我不还手……"

绍谦的拳头停在半空中，眼睛里冒着火，死死地盯着世纬，他咬牙切齿地说："我……我……我偏不揍你，我就要让你内疚，让你痛苦，让你一见我就不好过，让你……让你……"他说不下去，愤怒像潮水般将他淹没。他的拳头终是挥了出去，正中世纬下巴，砰的一声，把他打得向后仰摔过去，带翻了书桌，毛笔、砚台、书本……乒乒乓乓落了一地。

小草和绍文急冲进来。小草大惊失色，慌忙去扶住世纬，抬头对绍谦着急地说："裴大哥，你怎么了？你为什么要打他呢？你们不是铁哥儿们吗？""去他的铁哥儿们！"绍谦甩甩衣袖，掉头就走，"他一身都是假的！假道学、假义气、假儿子、假哥哥、假朋友……这种假人，我怎么会跟他是铁哥儿们？"

他走了。世纬坐在地上，却真正地难过极了。

第十二章

接下来，有好多日子，绍谦都不和世纬说话。他自顾自地上课下课，一个人来，一个人走，常常连绍文都不管。他既不去绣厂，也不去傅家，像个独行侠。

世纬难过极了，却不知该怎样打破这种僵局。青青夹在中间，更是左右为难。明知自己说什么都错，所以根本不敢去劝解或安慰绍谦。只有石榴，她非常乐观地说：

"没关系的！事情讲开了反而好！绍谦那个人，生气也生不久的，过几天，他就会忘了！"

就在世纬、青青、绍谦三个人各有心病纠缠不清的时候，小草却在努力地适应她的学校生活。

她适应得并不顺利。小虎子是孩子王，带着众学童，已经公然和她成了敌人。因为她和绍文，是老师的弟弟妹妹，自然就变成大家反抗的目标。小虎子天不怕地不怕，被他气走的老师也不少，就是没见过像世纬、绍谦这样的老师，蛇也咬不走，捣蛋也捣不走，好吧！大家比厉害，小草和绍文就遭了殃。被掐被打被拉辫子，简直是家常便饭，有次还把两个人诱进柴房，关了足足两小时，才被绍谦发现救下来。世纬坚持"爱的教育"，不能体罚，而且，孩子们要适应群众的社会，小草和绍文，绝不能因为自己的身份而享有特权，他们要主动去争取友谊。所以，明知两个孩子受了很多委屈，世纬就是不肯严惩小虎子。这天，小草正在大树下背唐诗，豆豆来了。

"小草！"豆豆怯怯地喊，她是立志小学中唯一的小女孩，自从小草来了，才有了伴。但是，平时慑于小虎子的"权威"，都不敢和小草说话。现在，看到大男生都不在，她再也忍不住，就溜到小草身边来。"我们做朋友，好不好？"

"做朋友？"小草惊愕地四面看看，"你是不是在骗我？上次也是说做朋友，把我骗到柴房里去关起来！"

"不不！真的，我好喜欢你呀！"豆豆真心真意地说，就从怀里掏出一个蚕茧，"喏！我送你一个蚕茧，是我自己养的蚕做的茧地！是今年的第一个茧地！这只蚕是白色的，可是吐了一个金黄色的茧，好不好看？"

"太好看了！"小草感动极了，这是第一次有人要和她做朋友，她真不知道如何回报是好。一个激动，从脖子上取下了荷包。"我有一个百宝荷包，里面都是我最宝贵的东西，我把蚕茧收进去，我也要找一样东西送你！"她取出一粒弹珠，有点心痛，却终于大方地"割爱"了，"我有两颗，送一颗给你！""哇！好漂亮啊！"豆豆欢呼着。伸出手去，还没拿到，弹珠就劈手被小虎子抢去了。

"呵！彩色弹珠！"小虎子大喊。

"是我们的！"小草急急地说，抬头一看，阿长、万发、大全、小八等人，全站在面前。她瑟缩了一下，勇敢地伸出手去抓："还我！还给我！"

"来拿呀！来拿呀！"小虎子把弹珠举得高高的，边喊边跳开。"她还有一个荷包！"万发嚷。

小草急忙伸手去抓荷包，万发比她更快，抓起荷包，一个"快投"，传给了阿长，阿长再一个"快投"，传给了小虎子。小虎子一手握弹珠，一手握荷包，向学校的后花园奔去，嘴里嚷着："好好，这一下报仇时间到了！你哥哥踩死了我的小花，我就丢掉你的荷包！""不要！不要！"小草尖叫着，追在后面，"那是我海爷爷给我的东西……求求你不要不要呀……"

来不及了。小虎子站在水井旁边，手一松，荷包笔直地落入深井。然后，孩子们就一哄而散了。

小草扑奔到井边来，俯身下望，黑黝黝的井，深不见底，那荷包连影子都看不到了。她这一下子心痛至极，扑在井边，失声痛哭起来，这一哭真是肝肠寸断。把绍谦、世纬、绍文全都引来了。听到事情经过，绍谦气得摩拳擦掌，马上要去找小虎子算账，世纬却阻止说：

"他并不知道这是小草的心肝宝贝，和小花之死比起来，这是小事了！算了算了！我们还是来捞荷包吧！"

两人忙着把水桶放下去，左打一次水，右打一次水，哪儿捞得起荷包。绍谦气冲冲把水桶一丢，对世纬夹枪带棒地吼着："你是大教育家，大学问家！你有本领，你能干……你就拿出办法来治治他们！别让咱们的弟弟妹妹，到这儿来送命！"

小草生怕绍谦又要动手打世纬，急忙往两人中间一站。想说句没关系，就是说不出口，才张开嘴，太伤心了，眼泪就直往下掉。绍谦气得一甩袖子，拉着绍文转身而去。世纬心痛万分，蹲下身子，搂住小草，想说一些安慰的话，却很明白说也无益，这种心痛，岂是言语能够安慰？他注视着小草，把她用力一搂，按在肩上。让这孩子，伏在他肩上哭了个够。平日小草在学校里被欺负，不论是拉辫子，踩鞋子，掐一把，推一下……她都没有告诉青青。但是，这晚实在太伤心了，伤心得没有力气保密了。青青听完了小草的叙述，气得脸都发白了。她站起身子，就冲往世纬房间去找世纬理论。小草追在后面，哭着喊："不要啦！青青，你和大哥，最近才讲和不吵架了！不要再为荷包去骂他嘛，他也没办法嘛……"

青青那火暴脾气，怎能忍受这个，她奔入回廊，穿过院子，直冲进世纬的房间。这样一阵喧闹，把静芝、振廷、月娘全部惊动，也跟着追了进来。

"你这个大哥是怎么回事？"青青对世纬喊着，"你怎么能让她受到这么严重的伤害？你怎么可以呢？"

"怎么了？怎么了？"静芝摸索着喊，"媳妇儿，你干吗生这么大气？元凯，你怎么得罪青青了？"

世纬无奈地看着静芝，又惊动了老太太，实在是糟透了！他叹口气，对青青说："那几个孩子不过是淘气，只要给我时间，我一定会管教好他们的！""管教好？你根本管不了他们！"青青说着，就去卷小草的衣袖，又去卷小草的裤管，对振廷、月娘、静芝说："你们看看，小草浑身都是伤，这里紫一块，那里青一块，她咬着牙不说，可是，我怎么会不知道呢？今天，居然把小草的荷包，也丢到井里去了，实在太过分了嘛！"

"荷包啊！"振廷叹口气，"是怎样的荷包？我叫长贵去给她再买一个！别闹了！""荷包是可以再买，里面的东西怎么买得回来呢？每样东西都是她海爷爷给她的！"青青说着说着，声音就哽住了，"小草一年才见海爷爷一次，其他三百多天都在吃苦受罪，那个荷包是她唯一的安慰，她数着里面的小东西，想着她的海爷爷，这才把眼泪往肚子里吞……她是这样挨过来的！你们不知道，你们根本不知道……好不容易来到这儿，海爷爷又不见了！她每晚翻着看着她的荷包，才睡得着觉……你们不知道！你们根本不知道！"

小草被青青这样一说，眼泪更是掉个不停。她却忙着用衣袖去擦青青的眼泪，啜泣着说：

"不要说了！青青，不要说了嘛！"

静芝十分震动，她摸索着说：

"小草，你过来！"小草依偎了过去。静芝摸着她的面颊、脖子，掏出手绢为她拭泪，说："孩子啊，你不要伤心，咱们已经派了好多人去找你海爷爷了，有了海爷爷，荷包就不重要了。婆婆知道什么是伤心，什么是心痛，什么是和亲人离散的悲哀……婆婆答应你，一定把你的海爷爷找回来，好不好？好不好？"

"婆婆！"小草哭着，搂住了静芝，把她抱得紧紧的，把自己的面颊埋进了静芝怀里。静芝就震动地享受着这小手臂的温暖，不记得自己多久没有被孩子这样亲热过了。

振廷看了静芝一眼，回头又看了世纬一眼。眼中，尽是悲痛与无奈。什么是伤心，什么是心痛，什么是和亲人离散的悲哀……静芝有她梦幻中的安慰，他呢？他总不能把世纬当成元凯啊，摇摇头，他走了。月娘的眼光，不由自主地跟随他而去了。青青看着这一切，陡地平静了下来。是的，和傅家的伤痛比起来，一个小荷包又算什么。忽然间，她就体会出什么是人生真正的悲哀了。两天后，世纬正在教室批改学生的习字本，万发忽然冲进教室，大声嚷着说："老师，不好了，小虎子在山上跌断了腿，不能动了！"

世纬大吃一惊地跳起来，急忙说：

"在哪里？快带我去！"

万发领头跑，世纬跟着去。小草、绍文等一群孩子全追着世纬跑去。绍谦在一旁看着，有句话卡在喉咙里，他很想提醒世纬"当心有诈"！但是，他还没有原谅世纬，也没有和他恢复邦交，就眼睁睁看着他跑走。什么都没说。

果然，世纬中计了。到了山上，世纬远远地就看到小虎子，躺在一堆荆棘丛中，哼哼唉唉地叫哎哟。世纬完全不疑有他，直着喉咙大喊：

"别怕别怕，老师来了……"

话还没说完，脚下已一脚踩空，接着就掉进一个好深的坑洞里去了。小虎子一翻身从地上站起来，抚着肚子哈哈大笑。阿长、万发、大全、小八都跟着大笑。来宝、来福笑了笑，听不到世纬的声音，觉得不好笑了。小草、绍文、豆豆等较小的孩子全扑到洞边去看世纬。

世纬这一摔，非同小可，坑下全是凹凸不平的巨石，他的右脚在石头上重重一挫，已经痛入骨髓，额上顿时冒出豆大的冷汗，话都说不出来了。

"大哥！"小草急喊，"我们拉你出来！快，把手给我们！"

世纬痛得直吸气，试着要撑起身子，右脚才一点地，痛楚就撕裂般地蹿上来，他咬着牙，抬头对小草和绍文说：

"不行，我想，我的右脚大概摔断了！你们快去找绍谦来！我没有办法出来了！"小虎子、万发、阿长等一些大孩子，也笑不出来了。小草爬起身，一转头对小虎子说：

"你们为什么要这样对他嘛？你们欺负我没有关系，欺负我一个人就好了嘛，为什么要害我大哥嘛！他那么着急地跑来，是要救你呀！他也不是故意要踩死你的小花，是怕我们被蛇咬呀！自从踩死小花，他就好难过，你知道吗？你为什么要害他呢？"一边说，一边哭着去找救兵。

小虎子面色苍白，走到洞边，他往里看。这事发展成这样，完全不是他的本意，他只想开个玩笑，并不想伤害世纬。这不好玩，一点也不好玩！

"老师，我跳进来帮你！"

"不要进来！不要进来！"他急忙喊，"里面好多尖石头！

有一个人受伤已经够了，千万别进来！"

小虎子抬头看几个大孩子，一声令下：

"来，我们把老师救出来！"

等到绍谦气急败坏地赶来时，发现小虎子带着众孩童，已经把世纬抬出来了。小虎子奋力扶住世纬，其他孩童左右前后，簇拥着世纬，人人面有愧色。小虎子由于使劲，脸都涨得通红，他一面扶着世纬，一面急切地说：

"老师，你尽管压在我肩上，没有关系！我从小就下田干活儿的，身强力壮，不怕压……"

绍谦挑起了眉毛。看到世纬这份狼狈相，他对他的气，不禁消了大半。看到小虎子拼了命地扶持，他这才对世纬那忍辱负重的教育法，有了几分心悦诚服。

他大踏步冲上前，帮小虎子扶住世纬。

"老兄！"他粗声说，"我拿你这个人，简直是没有办法，你怎么这样容易出状况呢？"

世纬忍着痛，抬头对绍谦咧嘴一笑。虽然脚痛无比，心中却有说不出的舒畅。他长长地松了口气，放心地把自身的重量，压在绍谦和小虎子的身上。

世纬受伤回家，整个傅家庄几乎全翻了天。

静芝坚持要请各种医生，于是，中医也有，西医也有，连跌打损伤的推拿师傅也有……一时间，这个医生来，那个医生去，又是中药，又是西药，世纬被各种药灌了一肚子，还被静芝强迫着喝了一大碗"人参汤"。最后，证实骨头没断，只是脱了臼，经过推拿医生一番强制接骨，世纬差点没痛晕过去。终于，医生宣布没有大碍，纷纷离去。而世纬，脚踝肿得好大，密密麻麻地缠着绷带，筋疲力尽地躺上了床。

"元凯啊，"静芝坐在床边，紧紧攥着世纬的手，含泪叮嘱着，"你从小到大，连换颗牙齿，出次疹子，摔了跤，割到手指……我都当成是天大的事，恨不得以身相代，让老天减轻你的痛苦。这次，好不容易巴望到你回来了……我想，你命中所有的劫数，都已经渡过……你应该再也无灾无难了！请你为了我，为了这瞎眼的老母，保护你自己吧！"

面对这样"强大"的"母爱"，世纬真是无可奈何。每天，他都告诉自己，应该让静芝面对真实，不能再对她欺骗下去。但每天都由于不忍，而继续欺骗了下去。

等到静芝、月娘、振廷都离开了房间，床前换了青青，坐在床沿，她深深地凝视着他，眼中盛满了泪。

"怎么了？怎么了？"他故作轻快地说，"我不过是跌了一跤，并不是害了重病，会送命什么的……"

"你还说！你还说！"青青伸手去蒙他的嘴，"你一下子伤了左脚，一下子又伤了右脚，上次头又被打伤……你……你……你存心要让我们大家都不好过是不是？"

他一伸手，把青青紧揽入怀。

"受这么一点伤，有你们这么多人围着我，照顾我，让我感受到被重视和被爱的滋味……我真觉得，连受伤都是一种幸福。"

三天后，世纬挂着拐杖去学校上课。那些孩子，一个一个从教室里冲出来，一迭连声地喊着：

"何老师来了！何老师来了！何老师来了……"

大家欢呼着奔出教室，奔入回廊，奔下楼，奔到他身边，几十双手全伸向他，争着要扶他。小虎子一马当先，帮他抱过书本，抱过习字本，大声说：

"何老师，你三天没来上课，我们大家做了大扫除，把整个学校都打扫过了！你看干不干净？"

他看着那纤尘不染的教室，那花木扶疏的校园，笑了。真的，受这点小伤，是一种幸福。

第十三章

　　世纬的脚痊愈了，绍谦的心病还没有痊愈。青青知道，自己欠了绍谦一番解释。"解铃还须系铃人"，但是，她既不知道这个铃是怎么"系"上去的，也不知道该怎么去"解"。绍谦和世纬，虽然恢复了说话，也共同为立志小学努力，但是，两人间的芥蒂，仍然无法消除。世纬很想和绍谦恳谈一次，又不知从何谈起。往日的"五人行"，或是"六人行"，都宣告解散。这种局面，最后还是被绍谦打破的。一天，他冲到世纬面前，一股脑儿地把心事全嚷了出来：

　　"喂！我这个人一根肠子通到底，受不了这样拖拖拉拉，别别扭扭地过日子！我们今天把话讲明白了，免得大家见了面尴尬！总之就是一句话，我不能认死扣，强迫人家姑娘来喜欢我，输了就输了，我认栽！你这个假哥哥，我打过你一拳，也就算了！虽然还是太便宜了你，不过，我不算了，也没别的办法！就……"他抓了抓头，又摸了摸鼻子，"只好算了！"世纬非常感动地看着绍谦，心里的话，就再也藏不住了：

"绍谦，我真的很抱歉。你上次打我一拳，并没有伤到我什么，可是，你说我假道学、假义气、假儿子、假哥哥……什么的，倒真是伤了我。我思前想后，为你这几句话难过了很久很久。是的，我这人就是不干脆，心肠太软，又举棋不定，常常把事情弄得乱七八糟。可是，平心而论，我真的没有要欺骗任何人，许多事的发展，都是身不由己，情不自禁变成现在这种局面！对青青，我发誓，一上来我真的把她当妹妹，而且努力去实践，我鼓励你去追她，也没有半点欺骗的意思，然而后来，不知怎的，兄妹之情却转为男女之情……""好了好了！"绍谦打断了他，"我骂你是'假人'，那不过是气极了！如果曾经伤害过你，真是……"他想了想，拍拍自己的脑袋，忽然笑了，"哈哈！我也挺能骂人的，对不对？我以为我只会动拳头，不会动口呢！哈哈……"

"你很得意，是吗？"世纬睁大眼睛问。

"当然得意啦！"绍谦说，"如果我能够伤到你，我们才扯得平呀！我这里……"他重重地拍胸脯，"有个大洞还没长好呢！"他收住了笑，大步上前，一把就揪住了世纬胸前的衣襟，"不过，你跟我说清楚，你预备要把青青怎么办？"

"什么怎么办？""你不要以为我不知道，你家里还有个未婚妻！我跟你说，你对青青，是兄妹之情化为男女之情，我对青青，是男女之情化为兄妹之情！今后我就当青青是我妹子，你要有一丁点儿对不起她，我和你没完没了！你现在告诉我，你是要青青做二房呢，还是要她做小老婆？"

世纬深抽了口气，坦率地看着绍谦："我已经写了一封信给我父母，除了报平安以外，也请求两老，代为解除华家的亲事。虽然我不敢对青青有任何承诺，但是，在我心里，除了青青，再没有第二个人了。不敢让她当二房，更不会让她做小，我希望……我能明媒正娶，让她成为我唯一的妻子！"绍谦重重地在世纬肩上，敲了一记。

"有你这句话，我就放心了！不过，我会从旁监督的！你如果有一天不遵守诺言……我管你什么铁哥儿们，管你在天涯海角，南京还是北京，我会追了你跟你算账的，听见了没有？"世纬愣了愣，忙应着说：

"听到了！听到了！""别光说不练！"绍谦吼着，"我这个假哥哥也会守在一边，说不定哪一天，就倒打你一拳，打得你没翻身余地！"

世纬苦笑了，不住地点头称是。

就这样，绍谦终于甩开了他的失意。六人行的队伍又恢复了。瘦西湖、五亭桥、杨柳滩、桃叶渡……欢笑如前。

似乎，在人生里，所有的悲痛都很长久，所有的欢乐都很短暂。这"六人行"的欢愉，很快就被一件大大的意外，给全部打碎了。这天，石榴和青青到学校门口，来接世纬等四人放学。

下课铃响了好久之后，绍谦、世纬才带着孩子们涌出校门。石榴和青青在街对面挥手。小草一看到青青，就兴高采烈地飞奔而来。此时，有一辆黑色的轿车，疾驰着经过校门口，竟然"砰"的一声，撞上了小草。

一群人都脱口惊呼："小草！小草！"然后一群人都拔脚追车子。因为那车子居然没停，继续向前驶去。小草被卡在车子底下，拖着向前。

　　"停车！快停车！撞了孩子呀！"世纬大叫。

　　"你他妈的快停车！"绍谦怒吼。

　　"停车啊！停车啊！"青青挥舞着双手，魂飞魄散，全力冲刺，"孩子在你车子底下呀！"

　　众小孩全体往前冲，吼的吼，叫的叫：

　　"停车呀！撞了人了！"

　　"求求你，停车呀！""小草！小草啊！"开车的那个人，见一群人在身后追赶，这才发现自己撞了人。他回头看了一眼，但见男男女女，大大小小，都对自己大吼大叫着冲来。他心中一慌，急忙踩油门，车子非但没有停，反而往前疾驰而去。

　　小草在车子这一冲之下，落到地下来了。她躺在那儿，浑身痉挛，额上裂开一个洞，满地满身都是血。

　　世纬等人冲了过来，扑跪在地上，个个面无人色，一时之间，甚至不敢去碰小草。世纬见血不断冒出来，深知时间可贵，他抱起了小草，用手蒙住她头上的伤口。血却从他的指缝中往外流。"她完了！"青青撕裂般地低语，腿一软，身子要倒下去，绍谦一把支持住她，大声说："不许晕倒！我们没有时间晕倒！赶快送医院！"

　　"要大医院！"世纬猝然大吼，"哪儿有大医院？哪儿有？她现在分秒必争呀！"小草被送进扬州市最大的一家省立医院，这医院新开不久，医生都是南京和北京请来的名医，这是小草最幸运的事。但是，抱着她一路奔进医院，又耽误了不少时间，小草早已昏迷不醒。到了医院，护士、医生看到这么严重的情况，又是一阵忙乱。大家推床的推床，检查瞳孔的检查瞳孔，拿氧气筒的拿氧气筒，打强心针的打强心针……然后，小草就被急匆匆地推进了手术室。接下来，就是漫长的等待。

世纬等六人，还有小虎子、阿长、万发等几个孩子，全守在手术房外，大家静悄悄的，没有一个人说话。空气沉重得几乎凝聚了。墙上有个大挂钟，嘀嗒嘀嗒地响，每一分每一秒，都敲击着众人的心。小草，她还能撑多久？还能撑多久？振廷、静芝、月娘，还有裴家两老和桂姨娘，全都赶来了。振廷一见众人，就急促地问：

"有多严重？告诉我有多严重？"

没有一个人回答。一张张的脸孔，一张赛一张地苍白。振廷的心，一下子沉进了地底。

"她究竟伤在哪里？"静芝嘶声问，随手一抓，抓着了石榴，"快告诉我！她伤在头上还是手上？四肢有没有残缺？快告诉我！快告诉我呀！""我们也不知道她有多少伤，"石榴含泪说，"她被卡在车子底下，拖了好长一段路，四肢肯定都带伤，最严重的是前额，破了一个洞，血一直往外冒……"

静芝吓得身子摇摇欲坠，月娘慌忙扶住。

"太太，你冷静点儿，快坐下来！"

小虎子连忙推了个椅子给静芝，静芝哆哆嗦嗦地坐了下来，喃喃说："那孩子不是挺漂亮吗？你们不都说她是个小美人吗？这样子，岂不是会破相了……"

"破相？"世纬尖声说，"我们现在已经顾不得她是否会破相，我只祈求她能活下去！"

"都是我不好！"青青失魂落魄地扫视众人，"我不要去学校门口就好了，小草是因为看到我，才跑过来，我为什么要去呢？我不去就好了！"她一把抓住石榴的手，"石榴，你不是扮观音吗？"她凄厉地问，"你是观音，怎么眼睁睁让这件事发生……"石榴哭了。"都是我的错！都是我的错！"青青神经质地自责，"我永远不会原谅自己！永远不会！"

"不是你的错！"世纬激动地喊，"是我的错！本来早就可以放学了，是我要他们整理教室……如果早十分钟，不，早五分钟，甚至早一分钟出来，就不会出事了！我偏偏在那个要命的时刻，把他们带出来……"

"不是你一个人带的，"绍谦粗声地打断，"我也有份……""不要吵！不要说了！"静芝站起身子，手中的手杖哐啷落地。她摸索着向前，一手握住世纬，一手握住青青，含泪颤声说："听我说，自从咱们傅家庄有了小草，这孩子就以她的善良，和一颗纯真细腻的心，打动了我们每一个人，使我们每一个人都爱她，我总想着，这一定是上苍的一份美意。现在，当我们已经形同一家人，如此密不可分的时候，我不相信老天爷能狠得下心来收回她！我绝不相信！"

石榴扑到窗前，扑通一声跪下了，对着窗外的穹苍，双手合十地拜着说："大慈大悲、救苦救难的观音菩萨啊！我打十六岁起，年年扮观音，可我从不曾向你祈求什么。今天，我诚心向你祈求，救救小草吧！"小虎子冲过去，跟着石榴一起跪下。

"还有小虎子，也给您跪下了！求菩萨保佑小草，她是我们大家最喜欢的同学啊！"

青青哭了，石榴哭了，绍文和众小孩都哭了。桂姨娘和裴家二老也跟着掉泪。连绍谦、世纬和振廷这些大男人，也个个为之鼻酸。就在这满屋子悲痛的时候，医生们推着小草的病床出来了。小草看起来好生凄惨，头发剃掉了好大一块，额上绑着厚厚的纱布。手臂上、脚踝上，全都包扎了起来，整个人包得直挺挺的。鼻子里插着管子，手腕上插着静脉注射针。她的眼皮合着，呼吸短促而吃力，整个人了无生息。

"怎样？怎样？"振廷一冲而上，"大夫，她会好起来吗？会吗？""各位请安静，"医生扫视着众人，神情严肃，"我们三个医生，合力来挽救她，能做的事都已经做了！她身上所有的伤口都缝好了，问题在额头上的伤，实在太严重了！我希望你们大家有心理准备……她可能随时恶化，随时离去！"

"不！"青青惨叫了一声，奔到床前，见小草浑身都包扎着，她张着手，不敢去碰她，不敢去抱她。她痛喊着："早知如此，就让你留在表婶儿家，不带你来扬州了！"

人人悲痛，人人伤心，大家都难过极了。医生不得不振作精神，来安慰如此伤痛的老老小小：

"为了病人，你们不要再悲痛了，我们要把她送到病房去。病房小，容纳不了这么多人，你们何不留一两个下来陪孩子，其余的先回去，大家应该轮流休息，否则都累垮了，怎么办？"

"对对对，医生讲得好！"裴老爷子慌忙安慰着傅家人，"为小草好，大家先回家吧！"

"我守着小草！"青青坚决地说。

"我也守着小草！"世纬跟着说。

"我也陪着小草！"绍文说。

"你给我回家去！"桂姨娘拉着绍文。

"我宁愿留在这里！"静芝说。

大家你一言我一语，都争着要陪小草。只有绍谦大踏步向门外走去，嘴里简单地讲了两个字：

"我走！"石榴一惊抬头，拉住了他说："你走到哪里去？"

"我去找那辆车子，"绍谦咬牙切齿地说，"我要揪出那个开车的人，他明知车下有个孩子，还不肯停车，如此丧尽天良……我要把他揪出来，叫他后悔一辈子！"

第
十
四
章

　　绍谦很快就找到了这辆车子，在扬州，这样豪华的轿车只有一辆，车子的主人名叫魏一鸣。

　　魏一鸣不是一个等闲人物，他的岳父是军方要员，权力很大，他自己家财万贯，长袖善舞。因此，他年纪轻轻，就已经当了税务局局长。这个人的兴趣也很特殊，别的有钱人玩女人，他玩车子。那时代，玩车子真是很奢侈又很新鲜的事。他不用司机，闲来无事，就开着这辆豪华轿车飞驰而过。因此，他这个人在当地颇有名气，他这辆车在当地也颇有名气。绍谦在税务局门外的广场上，重睹这辆黑色大轿车时，觉得自己的血脉全部偾张起来，想到奄奄一息的小草，愤怒和悲痛将他整个人淹没。他走到车子前面，见车中无人，就把车子前前后后检查了一遍。车子的保险杠，撞了一个凹痕，他伸手去摸车子的底盘，小草当时血流如注，这车子底下，准是血渍尚存。想着，他就掏出一条白手帕，去擦拭车子的底盘。果然，手帕上沾着褐色的污渍，小草的血，早已凝固。

"喂喂喂！"一个荷着枪的卫兵，气势汹汹地走了过来。"你干吗？在这里鬼鬼祟祟的！这是魏局长的车子，你摸来摸去要做什么？""你去请魏一鸣出来！"绍谦一抬头，眼中几乎喷出火来。

"你是什么人？敢直呼魏局长的名字？"卫兵一凶。

"我就是直呼他的名字！"绍谦往那衙门冲去，大声地吼叫起来，"魏一鸣，你出来！你不要躲在那个衙门里！你给我出来！""呼啦"一声，卫兵的子弹上了膛，冰冷的枪管抵住了他的额头："你要造反呀？""你有种，就在光天化日下毙了我！"绍谦瞪大眼睛，对那卫兵一声怒吼，这等气势，把那卫兵都吓得一怔，"要不然，就让你们那伟大的魏局长出来，有关生死大事，他不能躲着不露面……魏一鸣！魏一鸣！出来……"

这样又吼又叫的，终于把魏一鸣给引出来了。他看看咆哮如雷的绍谦，定了定神，抬头问：

"我就是魏一鸣，你找我做什么？你是谁？"

"我是谁？"绍谦咬牙切齿，目眦尽裂，"昨天在你车子后面拼命喊叫的有一堆人，我就是其中一个！你这么快就忘了吗？"魏一鸣微微一退，眼光闪烁，似乎有些心虚。但是，立刻，他就恢复了镇定。推了推鼻梁上的近视眼镜，他看来温文儒雅，气定神闲："你说些什么，我一个字都不懂！"

"你！"绍谦又惊又怒，"你不懂？昨天你驾车经过立志小学，撞了一个十岁的小女孩，你不停车，让那孩子卡在你车子底下一路拖过去，我们那么一大群人在车后追着喊着……你就是不停车！你现在还敢说你不懂？"

"你弄错了吧？"魏一鸣皱了皱眉头，"什么小女孩？什么卡在车子底下？我昨天根本没有经过什么小学，这是几点几分发生的事情？我下了班一路开车回家，什么事情也没有啊！你这人从何而来？为什么要诬赖人呢？"

绍谦瞪着魏一鸣，简直要气疯了。他陡地冲了过去，抓住魏一鸣的身子，就往车上撞，嘴里怒极地大骂：

"你这个混账王八蛋！卑鄙无耻的小人，明明是你撞了小草，你还敢否认得干干净净！你简直是人面兽心……你连一点点歉意都没有……我打死你……"他抡了拳头，就往魏一鸣胸口捶去。"卫兵！卫兵！"魏一鸣急叫。

两个卫兵冲上前来，见到绍谦这样攻击魏一鸣，举起枪托，就狠狠砸上了绍谦的头。绍谦应声倒地。

"给我把他送到警察局去关起来……"

魏一鸣还没喊完，石榴已飞快地奔了来，扶住了绍谦，就对魏一鸣打躬作揖："局长你别生气，他实在是伤心过度，才会丧失了理智，请您不要跟他计较……"魏一鸣惊魂甫定，拂了拂袖子，整了整衣裳。毕竟心虚，他瞪了石榴一眼，说："看在你们有祸事发生的分上，我就不跟你们计较！但是，这件事到此为止！如果再来找我的麻烦，再胡说八道，再随意毁谤政府官员……我会把你们一个个绳之以法！"

说完，他径自上了车，砰然一声关上车门，扬长而去了。

小草终于醒过来了，距离出事已经整整两天。她只清醒了十几分钟，说了很有限的几句话：

"我在哪里啊？怎么……好多人在我房里呀！"

"小草！"青青扑在床边，急切地、带泪地喊着，"你醒了吗？你认得我吗？""青青……"小草看着青青，想动，却发现自己完全不能动，"我怎么了？""你被车子撞了！"世纬急忙说，"你的头撞破了，你……疼吗？你觉得怎样？""我被车子撞着啦？"她迷糊地问，"我怎么不记得了？"她努力想看四周，"我的房间怎么不一样了？"

"这里是医院呀！医生说你要住几天……"

"那……我上学怎么办呢？"

"暂时不要想上学的事……"世纬哑声说，"你只要赶快好起来！""可是，我已经跟不上了呀！好多字我都不认识呀！"

"大哥可以来医院教你，好不好？"

"把我的看图识字拿来……"

"好，大哥马上去拿，但是，你要努力，努力让自己好起来，好不好？"小草想点头，发现头也点不了，想笑，发现也笑不出来，想去擦青青的泪水，手也举不起来……她喃喃地、低低地说了句："我好冷啊！"人就又昏迷过去。世纬冲出去找医生，好几个医生一起赶来，翻开瞳孔看了看，检查脉搏和呼吸。

"她偶然的清醒并不代表什么，"医生满脸的凝重，"她的状况仍然不好，非常不好。"

青青扑在床沿，失望地痛哭起来。世纬走过去，把手放在她肩上，用力地握着："她还活着，我们不要放弃希望！决不要放弃希望！除了医药，还有苍天！"世纬到了寄托希望于"苍天"的地步，青青知道，已经是穷途末路了。小草又陆续醒过来好多次，可是，却一次比一次显得衰弱和委顿。她自己也渐渐明白，发生在她身上的悲剧，是多么沉重了。每次醒来，她都听到青青在说：

"小草！你要努力！请你为我努力！请你为大家努力！请你为你的海爷爷努力吧……"

海爷爷！她多想海爷爷呀！会不会再也见不到海爷爷了呢？她见到青青哭，石榴哭，婆婆哭，月娘哭……越来越明白，她的生命力在逐渐失去。她已经十岁了，颠沛的童年，让她早就了解了生与死。但是，她不要死呀！她要活着呀！她从来没有像最近这么快乐过，大家都跟她做朋友了！她还要念书，还要和绍文去喂鹈鹕，还要等海爷爷，还要帮婆婆数台阶……她还有好多事要做呀！她要活着！她那么强烈地想活，生命力却在一点点地消失，她害怕了，恐惧了。一次比一次珍惜自己清醒的时间。

这天晚上，她又醒了。

"青青，青青，"她喊着，呻吟着，"对不起，我一直很努力……我拼命地努力，可是……我还是好不起来呀！怎么办呢？""不要说这种话，你不要吓我呀！"青青泪如雨下。

"婆婆呢？老爷呢？""我们都在这儿呢！"静芝慌忙说。

"婆婆，以后走台阶，你一定要数，我每次看你走台阶，都好危险的……""我会帮她数！"月娘哭着说，"你放心，我扶着她，一步一步走！""老爷，你找到海爷爷了吗？"

"就快找到了！"振廷急忙应着，"阿坤捎信来说，已经发现他的行踪了！你要等着呀！"

"真的？真的？好，我等，我一定要等着，不见海爷爷一面，我……死都不甘心的……"

"你为什么要这样说呢？"青青抓着她的手。

"对不起，我怕……我好害怕，我就是不会好了呀！"

"不要再说对不起！"世纬粗声说，"你让我们大家心都碎了。""好！我不说！我不说了！"小草十分柔顺地说着，"那你跟青青也别吵嘴，好不好？你们顶爱吵嘴，没有我来帮你们讲和，怎么办呢？你们答应我，以后再也不吵嘴了，好吗？"

"我们答应你，永远都不吵嘴了！"

小草微笑起来，眼光缠着每一个人，依依不舍。然后，她眼睛一翻，呼吸接不上来，人又昏死过去。

医生、护士全体涌入，一阵急救以后，小草的鼻子中插入了氧气管，喉咙里插着抽痰管，她不能说话了。再醒来的时候，她转动眼珠，手指指着她的"看图识字"。

"她要她的认字卡！快把她的卡片拿来！"

世纬忙把卡片拿来，一张张举给小草看。

小草选了四个字："我爱你们"。

满屋子都是饮泣之声。世纬把四个字重新排列组合，举起来给小草看，那是："我们爱你"。

这次以后，小草就陷进了完全的昏迷。一连几天，都没有知觉，医生终于严肃地向众人宣布：

"我们几位医生会诊的结果，都认为小草不会再醒过来了！""这是什么意思？什么意思？"振廷问。

"很抱歉必须告诉你们，她在逐渐死亡中！"

青青再也支援不住，昏过去了。

小草陷入了弥留状态，完全没有知觉。世纬知道，就是在病床前守着她，也无能为力了。

这天一早，世纬和绍谦两个人，拎着一大桶糨糊，捧着一大沓连夜写好的告示，在扬州市大街小巷，开始贴告示。一张又一张，一直贴到税务局门口。这样的行动，引来了好多好多的老百姓，驻足围观。那告示上写着：

"县政府税务局局长魏一鸣，驾车将立志小学十岁女学童小草撞成重伤，当场逃逸。事后复推卸责任，草菅人命，罪大恶极。校长何世纬暨教师裴绍谦，吁请扬州地方士绅、乡亲父老，主持正义！务使此等歹徒，绳之以法！"

有个卫兵，匆匆撕了一张告示，拿进衙门去。魏一鸣看了，脸都绿了。他立即拨了个电话给员警厅长，然后，带着几个手下，冲出衙门。只见世纬和绍谦两人，就站在衙门外的广场上，绍谦高举告示，世纬激动陈辞：

"各位！我和裴绍谦，亲眼看到这个悲剧的发生，却没有力量阻止！一个活泼可爱的孩子，就这样被撞成重伤，现在正躺在扬州医院里，奄奄一息！各位，谁无姐妹，谁无子女？当我们的孩子，这样惨遭意外，谁能不痛？撞车当时，孩子血流如注，我们一群人在后面追着叫着，这个魏一鸣，他居然加速逃走！这个人是人还不是人？有丝毫良知吗？他还是我们的父母官呢！各位请看，那辆车，"世纬用手一指，怒吼着，"就是凶车！"此时，魏一鸣已带着手下，走了过来，绍谦立刻用手一指他，接着怒吼："这个人，就是凶手！"

"给我把这两个造谣生事的乱党给抓起来！"魏一鸣大声说，"乱贴告示，诬陷忠良，再加上妖言惑众，你们两个是不要命了！上去！"几个卫兵，拿着枪冲了上来。绍谦豁出去了，拳打脚踢，和几个卫兵打成一团。世纬一边抵抗，一边嚷着说：

"魏一鸣，你不要仗着有钱有势，作威作福！我告诉你，国家还有法律在，我要到员警厅去告你！"

"不用了，员警厅长亲自来了！"魏一鸣冷笑着，回头招呼，"于厅长！就是这两个人，八成想叛乱！"

员警卫兵蜂拥而上，绍谦虽有满身功夫，但是，到底寡不敌众。那些围观的老百姓，看到又是员警又是卫兵，都纷纷走避。混乱中，有个卫兵朝空放了一枪，这一枪，把剩下的一些群众也都惊散了。绍谦和世纬两个，就这样被关进了牢里。

第十五章

其实，魏一鸣心里并不安宁。

撞到小草，实在是个大大的意外，加速逃逸，实在是因为心慌意乱。玩车也玩了好多年了，从来没有撞过人，就不知道怎么会如此倒霉！扬州条条大路哪一条不好走，偏偏要去经过立志小学？撞车以后，裴绍谦、何世纬的陆续出现，使他在惊怔恐慌之余，只想保护自己。一旦咬定没有撞人，谎言就像滚雪球般越滚越大。但是，在内心深处，他也有良知，也有犯罪感，尤其在他面对自己那仅有六岁的女儿小洁时，他也会想到小草，而感到胆战心惊，冷汗涔涔。

可是，他少年得志，平步青云。一生没有遭遇过这么大的奇耻大辱。又贴告示，又到税务局门口来闹，还聚众演讲……怎么会这样严重呢？不过是个乡下孩子罢了。他思前想后，也理不出头绪。家里的妻儿仆佣，都被街头的流言所伤，人心惶惶。税务局里的同僚部属，也都交头接耳，议论纷纷。这种滋味并不好受。把世纬、绍谦两人关进牢里，是他骑虎难下的做法。总不能让这两人毁了他的前途！但是，真正关了，他也不知道该如何善后。何况，县长第二天就来找他，委婉地说："那何世纬是北方人，毕业于北大，和裴绍谦两人毛遂自荐，要管理立志小学。这所小学，荒废已久，幸亏有他们两个，才上了轨道。所以，他们很得一般地方父老的尊重。再加上，那傅家和裴家，都是扬州的望族……这件事，虽然你受了委屈，恐怕还是息事宁人比较好！"

息事宁人，他也想息事宁人，甚至破财消灾都好。但，他却不知道怎样收拾这一团乱麻。只知道绍谦和世纬这两个人实在太可恶，无论如何要给他们一点教训，让他们了解，和他魏一鸣斗法，不啻鸡蛋碰石头。

于是，绍谦和世纬就在牢中，随你怎么吼叫怒骂，就是没有人来理睬。傅家和裴家两个老爷子，随你怎么奔走，也无法营救二人。这天，魏一鸣下了班，走出税务局，走到自己的大轿车旁边，他看到一个非常素净的少女，手里捧着一大沓绣花旗袍料，站在车边等他。"魏局长，"少女出示着衣料，"我是裁缝店里的桂香，这是你太太订的衣料，她说绣好了之后，要我搭你的便车，给她送去选。今儿个总算赶出来了！"

"哦！"他看了一眼那绣花缎子，确实绣得非常精细。魏一鸣这人，在这世界上最爱的有两个人，一是妻子韵秋，二是女儿小洁。他不疑有他，简短地说："上车吧！"

魏一鸣坐上驾驶座，少女坐在他旁边，静悄悄不发一语。

车子开到半路，经过一片荒林，身边的少女忽然说：

"我的名字不叫桂香，我叫青青！"

话声才落，青青已掀开布料，举起一把预藏的短刀，对着魏一鸣当胸刺来。这一下太意外了，魏一鸣本能地伸出右臂去一挡，"哧"的一声，刀刃划破衣服，直刺入胳臂里面。魏一鸣痛叫了一声，急踩刹车。车轮发出尖锐的响声，车子一打横，撞上路边一棵小树，车停了。同时，青青抽刀拔刀，势如拼命，又疯狂般地向他刺来。

"我为小草报仇，我要你替她偿命！我为世纬、绍谦报仇，杀了你这个狼心狗肺……"

魏一鸣大骇之余，已了解到情况危急。打开车门，他脚步踉跄地跌将出去，手臂上鲜血直冒，将衣袖染湿了一大片。他爬起身子，狼狈欲逃。青青持刀，从另一边门冲出来，追着他又砍又杀。他从没见过这样杀气腾腾的女子，他又惊又怒又怕，却本能地要保护自己，他反扑过去，用脚奋力一踹，正中青青前胸，青青翻跌出去，后脑勺在石头上撞了一下，立刻眼冒金星。魏一鸣见机不可失，扑上前来，用尽全力，对青青狠狠踹去。青青一连几个翻滚，手上的刀已经脱手落下，魏一鸣不放心地再补一脚，又补一脚，青青痛得整个人都缩了起来，嘴角沁出了血，发丝零乱，面颊被荆棘划了好多道口子，蜷缩在那儿，动弹不得。

"哈！"魏一鸣惊吓过度，瞪圆眼睛，不可思议地注视着青青，"你疯了！拿了刀子来刺杀我？你不知道杀人要偿命的吗？""是！"青青恨恨地说，"杀人要偿命，所以我来杀了你，给我的小草偿命！我杀不掉你没关系，我们还有人，一个接一个，会不停地找你，不停地杀你，直到把你杀掉为止！"

说着，青青摸到身边的一块石头，她突然抄起石头，对魏一鸣砸了过去。魏一鸣骇然变色，没料到她在这种情况下，还有力量反击，他连躲都来不及，石头砸上了他的肩膀。这一下，他怒发如狂了。扑上前去，他抓住青青，开始拳打脚踢。他疯狂地揍着她，嘴里疯狂地嚷着：

"你们有完没完？有完没完……"

"没完！我们永远没完没了！"青青已鼻青脸肿，却仍凄厉地喊着，"就算你打死我，我做鬼也来找你，我在地底下会了小草，我们一个大鬼，一个小鬼缠住你，跟你算总账……"他双手抓起她的脑袋，用力往地上砸去。青青再也支援不住，昏了过去。魏一鸣站直了身子，喘息着，不相信地死瞪着青青。半晌，才醒悟过来，撕下衬衫下摆，去裹住手臂上的伤口。他对自己喃喃地说："要冷静！要冷静！你不是撞了一个孩子，你是撞了一群疯子！"走上前去，他把已人事不知的青青抓起来，找了根绳子牢牢捆住，塞进车子里。就这样，青青也被关进了牢里。

这一天，魏一鸣家的女佣金嫂，匆匆忙忙地奔进卧室，去找魏一鸣的妻子韵秋。"太太！太太！"她气急败坏地说，"有个观音菩萨，带着一群孩子，站在咱们家的对面街上。全体一句话也不说，只是看着咱们的房子，好奇怪啊！""什么？观音菩萨？"韵秋大吃一惊地问。这些日子，她真是饱受惊吓，先是有人满街贴告示，攻击她的丈夫。然后，魏一鸣又受了伤回来，虽然魏一鸣口口声声说，这只是一个误会，伤也只是小伤，找医生上了药，包扎过已没事了。但是，韵秋凭直觉，凭多年的夫妻生活，就知道不对劲。她也问过魏一鸣关于小草的事，魏一鸣矢口否认，连称是树敌太多，被人恶意中伤。韵秋是个很贤淑、很正直的女人，她相信她的丈夫。"为什么是观音菩萨？"她不解地问金嫂。

"真的是观音呀！"金嫂吓得直打哆嗦，"她穿着一身白衣服，手里拿着净瓶和杨枝……站在那里动也不动。太太，你快去看看呀！"韵秋奔了出去。于是，她看到石榴和立志小学的众小孩。

石榴穿着她的观音服装，手里拿着净瓶和杨枝，一脸的肃穆和庄重，满眼的悲切和沉痛。她静静地站着，众小孩围绕着她，也静静地站着。所有人的眼光，都落到韵秋的脸上，这些眼光，汇合成一股强大的力量，是控诉，是审判。

韵秋不寒而栗，胆战心惊。她走上前去，看着石榴，震动地问："这位姑娘，你这是在做什么？"

"我年年扮观音，虔诚礼佛！"石榴开了口，声音镇定，清晰，却有庙堂钟磬般的铿锵，"我今天穿了菩萨的衣裳，绝不敢有半点亵渎了菩萨！我以佛祖的名义发誓，今天所言，句句属实！魏太太，你的丈夫，在十二天前，开车撞伤了小草，我和我身后所有的孩子，都亲眼看到！这件事情演变到现在，是小草躺在医院里，只剩一口气在。我们还有三个大人，都被魏局长捕捉下狱。魏太太……"她顿了顿，双目澄明如秋水，紧紧地盯着她，"举头三尺有神明，善恶到头终有报！你也有孩子，你也希望她平安，如果她遭遇了什么事，你也会痛不欲生！你和魏局长是夫妻，他有没有撞伤小草，你心里自然明白。现在，你肯不肯跟我去扬州医院，见见那个小草？"

韵秋像是被催眠了，她身不由己地跟着石榴到医院，看到了那浑身是伤、奄奄一息的小草。也见到了守在床边，泪眼婆娑的瞎婆婆静芝。静芝一把抓住了她的手腕，声音凄厉如刀地直刺进她内心深处去：

"你们已经把小草弄成这样，怎么还要把我儿子和媳妇儿关起来？难道你们没有心，没有感情，没有子女吗？难道你们不怕天网恢恢，疏而不漏吗？"

韵秋逃出了那家医院。找到魏一鸣，她抓着他，摇着他。一面哭着，一面悲切地喊：

"放掉他们！你快放掉他们！无论他们做了什么，都是因为你的错！你撞了那孩子，我知道你撞了那孩子！你把人家孩子弄得那么惨，你还不肯承认……这样子的你，对我来说太陌生了！你……快放掉那三个人，为小洁积点阴德吧！"

喊完了，她冲进卧室，拿箱子，装行李。魏一鸣追了进来，苍白着脸说："你要干什么？""我带着小洁离开你！"

"不！"他痛喊着，"在我这样四面楚歌的时候，你们怎么能够离开我？好好好，我放了他们，我去对他们道歉，我赔偿他们……只要你不离开我，我做什么都可以！"

他冲进员警厅，立刻释放了三人。

当世纬、青青、绍谦、石榴和傅家众人，大家再重逢时，简直是恍如隔世。世纬见青青浑身是伤，鼻青脸肿，真是怜惜已极。他不相信地看着她，又惊又佩又痛地说：

"你一个弱女子，居然敢拿刀去对付魏一鸣，你到底心里是怎么想的呢？""我想跟他同归于尽！"青青说。

"啊！还好你没成功！"世纬握住了青青的手，"他不值得你去送命！他不值得我们每一个人去送命……"他抬眼看着众人，"你们相信吗？他承认了，他道歉了，当他面对我和绍谦，又掉眼泪又扯头发，说他是鬼迷心窍的时候，我忽然觉得他很可怜！一个有那么大车子、那么大事业的男人，不敢面对自己的错误，犯了错却想逃跑……他实在不是一个顶天立地的男子汉！""听我说！"静芝颤巍巍地走上前去，伸出双臂，把世纬和青青都拥进了臂弯里。"这件事情就这样过去了，我们庆幸，没有造成更大的悲剧！让我们停止对魏一鸣的仇恨和报复，把我们的心，全放在守护小草身上吧！"

"是啊！"石榴接话，"只要小草还有一口气在，我们就不要放弃希望！我相信老天有眼，菩萨有灵，就像他能在我们危急的时候，让魏一鸣天良发现，放了你们三个一样，我也相信他会赐福给小草！""石榴！"绍谦感激地注视着她，"你所做的事，我们都听小虎子说了！我答应你，和魏一鸣的恩怨已了，我也相信你，老天有眼，菩萨有灵！""小草那孩子，应该会后福绵绵的！"静芝忽然就充满了信心，"瞧！我们和那孩子，个个非亲非故，却为了她，人人伤心拼命。一个能博得这么多人爱的孩子，一定不会夭折。上苍有好生之德，小草一定会活下去！"

是静芝的诚心感动了上苍？是石榴的祷告惊动了菩萨？还是绍谦、世纬、青青等人的拼命震动了鬼神？一个奇迹发生了！三天后，小草醒了。不只醒了，她喃喃地说了一个字：

"水……"水？全体震动，七八双手同时去倒水，大家撞成了一团。水？这个字是生命的泉源，这个字是天地的精髓，这个字是上苍所创造的最大奇迹啊！大家倒了水，用滴管滴进小草的嘴里，小草润着嘴唇，贪婪地用舌尖舔着水珠，再将这生命之泉吞咽进去……大家目瞪口呆地看着，不敢相信地看着。医生来了，慌忙诊查，然后，医生抬头看着众人，满脸震动与惊喜地说："她醒了！"是的，小草醒了。她环视众人，眼中闪着温柔如水的光芒，充满了感激与爱。只一会儿，她又闭上眼睛沉沉睡去。青青见她双目又合拢了，紧张地喊着：

"大夫！大夫……""不要慌！"医生说，数着小草的脉搏，"她睡着了。脉搏很平稳，热度也消了……"他再抬眼看青青，"相信吗？我猜她会活下去了！"青青"哇"的一声，竟哭了出来。

第十六章

是的，小草活下去了。

三天后，小草开始进食，一星期后，那些针管、鼻管、胃管都拔掉了。小草又能说，又能笑了。

"我把你们大家都吓坏了，是不是？"她笑着看每一个人，"我自己也好害怕，我以为我快死了，可是，我不要死，我一直告诉自己，要努力，要努力……我真的很努力……好高兴我活着！好高兴我又能说话了！"

大家看着她，喜悦简直是无穷无尽的，充溢在每个人的心头，闪耀在每个人的脸上。

扬州医院里的全体医生护士，都为小草生还的奇迹兴奋不已，这不只是小草的成功，也是每个医生的成功。尤其是外科主任吴大夫，更是高兴。这天，他率领了眼科、耳科、脑科、神经科各科的主任，来给小草做最彻底的检查。检查完了，他非常欣慰地对大家说：

"我一度很担心她会有后遗症，例如记忆力丧失，语言或肢体不灵光，甚至失明失聪等，但她是个幸运儿，她将恢复得很好，像以前一样健康！或者，会有点头痛什么的，但不会严重！她最大的本钱，是年纪小，有最强的再生力。恭喜恭喜！"全体爆出欢笑声。此时，眼科主任林大夫，忽然走过去，拍拍静芝的肩膀，很热心地说："傅太太，这些日子来，你经常待在医院里，我也观察了你很久，其实，你看得见光，也看得见影子，是不是？几年前，你也曾在这儿的眼科求诊过，是不是？"

静芝怔了一怔。"是啊！"她应着。"我去年才从美国回来，带回来最精细的眼科仪器，你愿不愿意彻底检查一下？如果你的视神经没有完全受损，说不定可以手术治疗！""手术治疗是要开刀吗？"振廷急忙问，"复明的概率有多少呢？""没检查前，什么都不敢说！"林大夫温和地笑着，"我最近治愈一个病人，他已经失明五年了，现在虽不能恢复失明前的视力，配上眼镜，他也可以下围棋了！"

"我……我……"静芝没来由地一阵心慌意乱，"我不要开刀……我不敢开刀……我不要心存希望之后，再面对失望，我不要！不要！"她紧张了起来。

"婆婆！"小草柔声喊，伸出手去握住静芝的手，"你不要怕疼，疼会过去的！如果你能看到了，那是多么好的事情呢！你就不必数台阶，不必用手杖，不会常常摔跤，你还能看到我，看到青青，看到大哥，那是多好呢！"

静芝猛地就打了个冷战。世纬深深注视着她，忽然心有所悟，老太太的眼盲，说不定是她根本不想"看"这个世界，不想"面对"这个世界吧！说不定，当元凯的灵柩送回来的一刻，她就决定不"看"这个世界了呢？

世纬对人类的心灵，从未探索过。但是，自从来到傅家庄，他已体会出太多太多。走过去，他用力握住静芝的肩，有力地说："最起码，你为我们大家，去检查一次，好吗？"

众人全体拍手鼓噪："一定要去！一定要去！"

静芝在大家的期望之中，也就无可奈何了。

一星期后，检查报告出来，静芝的眼睛，并不像世纬想象的那么单纯，复明的希望只有百分之二十。林大夫仍然力劝静芝为这百分之二十努力，接受手术治疗。静芝吞吞吐吐，支支吾吾地说："让我考虑考虑，让我有点心理准备，让我仔细想一想……总之，等小草出院再说，家里有一个病人已经够了！你们……大家……不要逼我吧！"

好吧！等小草出院再说。百分之二十的概率打击了大家的信心。静芝如此抗拒，大家也就不再多说了。

小草出院，是一个月以后的事了。她又恢复了活泼，又跳跳蹦蹦了，她又在傅家庄的假山石上跑来跑去了。只是，她的额上留下了一道疤痕。青青为她梳了点刘海，把那个难看的疤痕遮起来。抚摩着她的疤痕，青青仍然会悲从中来：

"漂漂亮亮的一张脸蛋，现在却多了一道疤！"

小草反过身子，把她紧紧一抱："我不要漂亮，只要能跟你在一起就好了！"

"小草啊！"青青由衷地说了出来，"你知道吗？虽然我们自小就像姐妹一般地要好，我也一直疼你，爱你，可我从没想过到底对你有多爱。现在我才知道了！当医生宣布说你没救的时候，我心里头第一个念头就是：那我也不要活了！那种绝望让我对这个世上的一切都不留恋，甚至连世纬都留不住我！"小草听了一半，就开始掉眼泪，听完，就热泪盈眶地紧搂着青青，一句话也不说。

又休息了半个月，小草回到了学校。

就别提整个学校，是如何腾欢了。众小孩把小草抬了起来，簇拥着在校园里兜圈子，大声欢呼：

"万岁！万岁！小草万岁……"

世纬和绍谦看着这一幕，都十分震动，掉过头来，彼此互视，友谊，在两人眼里深刻地流转。经过了这番生死的体会，经过了联手制裁魏一鸣，经过了共同坐牢的经验，他们两个终于成了生死知己。其实，不止他们两个，还有石榴和青青，小草和绍文。这"六人行"的组合，简直是牢不可破，密不可分了。就在这时候，傅家庄来了一位不速之客，竟然把这"六人行"的组合，给整个打破了。

那是十月底的一个晚上，天气早已转凉了。庭院里的龙爪槐和法国梧桐，飘落了一地的落叶，秋意已深。枫树早就红了，吟风阁外的爬墙虎，已只剩下枯枝，绿叶全不见了。秋风吹在身上凉飕飕的。可是，在傅家庄，大家都不觉得冷。围着桌子吃晚饭时，暖意就在餐桌上流动。振廷看到一桌子的人，个个笑意盎然，不禁心中暗暗叹息：

"如果能留住这个画面，就好了！"

就在此时，长贵忽然进来禀告：

"少爷！有位打北京来的华小姐找你呀！"

"什么？"世纬大惊，手中的筷子都掉到桌上去了，"你说姓什么？什么小姐？""华！她说她姓华，中华的华！这个姓不是挺奇怪吗？咱们扬州没这个姓！""哐啷"一声，青青手中的筷子，也跌到桌上去了。

"一个姑娘家？打北京来？"静芝的声音微颤着，"就她一个人啊？""还带了个老妈子，和一个男仆！"

世纬推开饭碗，站了起来，心慌意乱地说：

"你们吃饭，我瞧瞧去！"

"我跟你瞧瞧去！"小草跳了起来。

"我看，我们大家瞧瞧去吧！"振廷说。

世纬冲进客厅，就一眼看到了华又琳。

华又琳端正地站着，头发有些凌乱，一身的风尘仆仆。她穿着件红色褂子，红色裤子，外面罩着黑色绣花小背心，肩上披了件团花小坎肩。辫子垂在胸前，系着红头绳。她身材颀长，瓜子脸，面貌姣好，一对大眼睛，尤其清亮有神。眉毛秀气，鼻梁挺直，嘴唇的轮廓分明。世纬就这样看一眼，心中已暗暗称奇，好一个标致的姑娘，难道她竟是自己那从未谋面的未婚妻？不可能吧？他还没回过神，那姑娘已经把他从上到下看了一遍。"你——就是何世纬？"她简单直接地问。

"是。"他点点头，"我是。你——"

"你真的就是何世纬？"她再问。

"我就是。""很好!"她点点头,眼睛里冒出火来,对他再上上下下地看了一遍,咬牙切齿地说,"我是华又琳!"

世纬虽已有几分猜到了,但听她这样一说,仍然整个人都惊跳了一下。他瞅着她,实在没办法了解,一个养在深闺的女孩子,怎么会远迢迢到扬州来?华又琳在他眼中,读出了他的思想,她抬了抬下巴,全身上下,都带着某种"咄咄逼人"的气势。"何世纬,你给我听着!"她一口的京片子,字正腔圆,"你不满现状,离家出走,什么要到广州去看新世界,要找寻真正的自我……都是极端自私,极端不负责任,极端任性,又极端可恶的行为!你是一走了之,却把伤心着急、尴尬羞辱一股脑儿扔给何、华两家的人!我呢?我觉得我真是天底下最倒霉、最冤枉的人,一口气憋了大半年,终于,听说你滞留在扬州傅家庄,我就不辞辛劳,千里迢迢地找了过来!因为,佛争一炷香,人争一口气,我告诉你!"她往前迈了一步,眼神凌厉,"我虽然是女流之辈,一样是士可杀不可辱!"

世纬震动地看着她,被她这等气势给震慑住了,睁大了眼睛,他连回嘴的余地都没有。"你要自由,你以为我不要吗?"她继续说,"你不满意这种父母之命、媒妁之言的婚姻,你以为我就满意了吗?你北大毕业的,你思想新,反传统。我是师范学院毕业的,我同样受的是现代教育,我也不含糊!老实说,我还正预备和家里闹革命呢!谁知你却抢先一步,跑了个无影无踪,这算什么呢?男子汉大丈夫,做事也要做得干净利落!你尽可以跟你的父母争啊!革命啊!行不通，你堂堂正正到我家来谈退婚啊！逃什么，连这点勇气跟担当都没有，你根本不配做我华又琳的丈夫……"话说到此，旁边跟随的老余妈，已经忍受不了，她跑过去，拉了拉华又琳的衣袖，又忙不迭地对世纬屈膝请安，急急地说："何少爷，你不要听我们家小姐说气话，我们这一路过来，真是吃了不少苦。小姐在北京，把家都闹翻了，才得到老爷太太的同意，来找寻何少爷……"

"余妈！"华又琳厉声说，"你不要对这个人摇尾乞怜。我把话讲完了，我就走！""好不容易找到姑爷了，"余妈叹着气，"你还要去哪里哟？要走，也得跟姑爷一起走……"

一阵手杖拄地声。静芝扶着小草，哆哆嗦嗦地过来了。她的脸色惨白，伸手去摸世纬，颤声问："元凯！是谁来找你了？这位姑娘，是你的朋友吗？她在说些什么呢？怎么我一句都听不懂……"

华又琳惊愕地看着静芝，一时间，完全摸不清状况。小草站在一边，就急急地对华又琳又比手势，又拜，又求，表示静芝看不见，求她不要再多说。华又琳更加惊愕，瞪着小草，不知她是何许人。世纬无法再沉默，他一面扶住静芝，一面对华又琳恳求般地说："你先在这儿住下，所有的事，我们慢慢再谈，好不好？"

"对对对！"静芝忙乱地点头，空茫的眼睛里盛满惶恐。"你是我儿子的朋友，就是我家的朋友！月娘月娘，"她回头急喊，"快收拾几间干净房间，留这位姑娘住下来！"

"儿子？"华又琳喃喃地问，眼睛睁得好大好大。她看看静芝，再看世纬，身子陡然往后一退。"你到底是谁？"她狐疑地问，"不要冒充何世纬！占我的便宜！"

唉唉！世纬心中大叹，真是一塌糊涂！怎么会有这种局面呢？他回头往后看，一眼看到青青扶着门框站在那儿，脸色雪白如纸，整个人僵着，像一尊化石。振廷和月娘站在一旁，也都神色黯然，如同大祸将至。

秋天的冷空气，就这样卷进了傅家的屋檐下。

第十七章

　　华又琳住进了东跨院的一套客房里。月娘忙忙碌碌，招呼她的行李，招呼她的家人，又招呼她吃东西，再招呼她沐浴更衣，简直是无微不至。晚上，室内一灯荧荧，窗明几净。她坐在一张雕花红木椅中，看着那古董花格上陈列的各种古玩，不禁发起呆来。这个何世纬，到底在搞什么鬼？这个傅家庄，又是个什么所在呢？正满腹狐疑，怔忡不已中，何世纬来了。世纬已经有了一番心理准备，不论华又琳此番前来，是怎样的动机，怎样的目的，她总是他父母为他选的女孩，带来了家乡的呼唤和亲情。一封父母亲笔的家书，已让他心中恻然。听余妈和阿福两个家仆，细述沿途种种，才知道华又琳跋山涉水，这一趟走得十分辛苦。世纬对这个女子，在百般惊诧和意外之余，却也不能不心生佩服。尤其她一见面的那番话，表现出来的，是一个受过现代教育的现代女子，一个颇有几分男儿气概的现代女子。或者，这个华又琳能了解他种种遭遇，和目前的诸多牵绊吧！总之，不论她了不了解，世纬准备尽可能地对她坦白。

因此，这个晚上，世纬用了整晚的时间，向华又琳细述他来傅家庄的前因后果。关于小草、青青、静芝、振廷、绍谦、立志小学……能说的都说了。不能说的，是和青青的一段情。华又琳啜着傅家茶园里特产的碧螺春，听着这曲折离奇、不可思议的故事，她的眼睛越睁越大，她的注意力越来越集中，她的眼光越来越深邃，紧紧地盯着他。当他终于说完了，她不禁深深地抽了口气，好半天都回不过神来。世纬的声音恳切而真挚，眼光里带着抹渴求了解的光芒：

"华小姐……""叫我又琳！"她简短地说。

"好的，又琳！"他叹口气，"这整个经过，听起来虽然荒唐，但是，就是一件件地发生了，我卷了进来，一切都身不由己。你已经见到了傅家的每个人，我想你对老太太的印象深刻……现在，我不单单是希望你能体谅这一切，更希望你不要破坏了傅家目前的幸福……"

"幸福？"华又琳终于打断了他，迅速地问，"你把这种情况叫'幸福'吗？"世纬怔了怔。华又琳站起身子，开始在房里走来走去。她咬着嘴唇，时而看天花板，时而看窗外，然后，她站定在他面前，眼光落在他脸上。

"好！我听了你所有的故事！"她有力地说，"终于知道这大半年你在做些什么了！原来，你不愿在北京做真儿子，却跑到扬州来做假儿子！你不孝顺自己的父母，却来孝顺别人的父母！不止父母，还有这儿的孩子们……小草，立志小学。你做的真不少！"

世纬注视着她，一时间无言以答。

"你这个人真是奇怪，我们自幼读书，只知道要'老吾老以及人之老，幼吾幼以及人之幼'，不管怎样，都把这个'吾老'和'吾幼'放在前面，你呢？你把'人老'和'人幼'放在前面！你真是与众不同！"

听出她语气中的讽刺和不满，他勉强地接了口：

"我的父母一生平坦，没有遇到大风大浪，生活也平静无波，在北京，我的职业名称是'少爷'，什么都不用管！在这儿，傅家两老早已心力交瘁，情景堪怜……这情况不一样啊！"

"所以，你就在这儿当定假儿子了？"

"不不，这只是暂时的情况，我并没有做长久之计……只等老太太精神状况一稳定，我就回去！"

"有你这样孝顺，老太太怎会痊愈？"又琳锐利地看着他，"据我今晚的观察，她是宁可有你这个假儿子，而不要痊愈起来面对真实的……""又琳！"他急促地说，压低了声音，"你能不能小声一点？你左一句假儿子，右一句假儿子，万一给老太太听到，会让她整个崩溃的！"华又琳蓦然抬头，紧紧盯着他。

"你真心真意地关心她，同情她，是不是？"

"你听了整个故事，难道你没有丝毫震动的地方？"

"我确实震动！我不是为傅家两老震动，我为你何世纬震动！世界上有你这样随遇而安的人，真让我大开眼界！这整个的事件我必须好好地想一想。老实告诉你，我这次来扬州，受了两家家长的重托，要把你押回北京去！至于我自己，我只是想来看看你这个人物，这个从未见过我，却把我否决得干干净净的人物！这个带给我深刻的羞辱的人物！这个自认为了不起的人物……"

"总之，"世纬大声一叹，"你是来兴师问罪的！"

"不，你错了！"华又琳眼光灼灼，"我不只是兴师问罪，我还要判决你，还要让你服刑！但是，现在的状况太复杂，我在做一切审判之前，必须把你的案情摸摸清楚！"她扬了扬下巴，忽然微微一笑，"放心，在彻底了解案情之前，我不会轻举妄动的！"那晚的谈话，就这样结束。夜色已深，世纬离开又琳的房间，心事重重地回到自己房里。

青青正在他房里等着他。

看到他走进门，青青立即投入了他的怀里，用手臂紧紧环绕着他，把面颊埋进了他的肩窝。和青青相识这么久，这是第一次，她主动表示了她的热情。

"世纬。"青青在他耳边，急促地说着，"对不起，我偷听了你和华又琳的谈话，我现在才知道，你的未婚妻是怎样一个人！我也明白了，为什么婚姻要讲究门当户对！我听到她对你说什么老啊老、幼啊幼的，我才知道我太天真了，原来，她才是你的物件，能够和你平起平坐、谈读书、谈理想的那个人！你以前不知道她是怎样的人，还可以不理她，现在你知道了！所以……所以……"她落下泪来，声音哽咽，"如果你不要我了，我也不会怪你的，我不敢跟她去比……"

"青青!"世纬惊愕地喊,用力扳起她的头,去凝视她的眼睛,"你不信任我吗?""我如何信任你?"青青倒退了一步,悲切地注视着他,"虽然我早就知道你有个未婚妻,可是这三个字在我心里只是模模糊糊的一片,我没有认真地去想过,直到现在,一个真真实实的人站在我面前,我才明白,什么叫大家闺秀,她让我觉得,自己好渺小啊!"

"渺小?这个渺小的你,让我早已缴械投降了!在我们一起经过这么多患难,这么多痛苦和欢乐之后,你还不能对自己有信心吗?你还不能对我有信心吗?华又琳的突然出现,确实让我措手不及,也确实给我带来良心的谴责,但是,她不能动摇你在我心里的地位!一点都不能!"

"你不要说些甜言蜜语的话来哄我!"青青揉了揉眼睛,又倒退了一步,"你会让我的脑子发晕,糊里糊涂地看不清自己,傻里傻气地一直做梦……你不能这样子对我呀!如果最后你还是会离开我,现在就不要骗我……"

"骗你?"世纬冲上前去,用双手捉住她的双臂,激动地说,"如果你不相信我,你去问绍谦,问他我怎么说过!青青!"他把她紧拥入怀,"或者,你没有华又琳的学问,没有她的身份和家世,但是,你是那个——我唯一想要的女人!我这辈子只要你一个,听清楚了吗?"

她摇头。"听不清楚!"她啜泣着,"不敢听清楚!"

"青青!"他凶了一声,"我要生气了!"

"不要生气,千万不要生气!"她急促地轻喊着,"你不知道我有多害怕,害怕你会跟着她回北京,把我和小草、婆婆和立志小学全体都丢开！因为，她说的话，好像每一句都那么有道理呀！"世纬忽然泄了气，是啊，又琳的话，句句有理，句句打入他的心，怎能"老人老"而不"老吾老"？怎能孝顺别人的父母，而不孝顺自己的父母？他蓦然明白，青青的恐惧，确实有原因。北京，父母，都跟着又琳而来，变成一股强大的力量了。这股力量，在随后而来的日子里，逐渐加强。

又琳在大家的安抚下，暂时住了下来。她没有闲着，每天都努力地在"摸清底细"。她和月娘深谈过，和小草接触过，和静芝沟通过，连立志小学，她也没放过。她去了学校，和众小孩立刻打成了一片。世纬看她带着孩子们做游戏，才想起她是师范毕业的科班生。她教孩子们唱了一首很可爱的歌：

我们来自四面八方，欢欢喜喜上呀上学堂，

说不出心里有多么欢畅。

你是个小小儿郎，我是个小小姑娘，今天高高

　　兴兴聚一堂。

最希望，最希望，老师慈爱，笑口常开，

轻言细语如爹娘！

天上白云飘飘荡荡，大地一片绿呀绿苍苍，

老师啊我们爱你地久天长。

看江水正悠悠悠，看帆影正长长长，我们排着

　　队儿把歌唱，

真希望，真希望，没有别离，没有悲伤，

永远相聚不相忘！

孩子们喜欢又琳，跟着她又唱又闹，喊她华老师。绍谦
简直惊愕极了，对世纬说：

"你这个未婚妻，实在是个奇女子！我要不佩服她都很困
难！"说完，他就突然一把揪住世纬的前襟，非常生气地嚷：
"你有没有告诉她青青的事啊？如果你说不出口，我去帮你
说！""你别慌，"世纬挣脱了他，"这个华又琳，她没有一分
钟闲着，眼观四面，耳听八方，她显然要把我的罪状，一条
条理出来。你想，她住在傅家庄，还有什么看不出来的吗？"

是的，华又琳已经看出来了。青青那对眼睛，始终追随
着世纬，徘徊不去，就是傻瓜也会知道必有内情，何况是冰
雪聪明的华又琳？事实上，青青和世纬那假兄妹的关系，也
老早被振廷和月娘看穿了。傅家上上下下，早就把世纬和青
青，看成一对了。连小草都已明白，青青是一心一意要当大
哥的媳妇儿。再加上瞎婆婆左一句"媳妇儿"，右一句"媳妇
儿"，华又琳还有什么不明白呢？但是，她忍耐着，什么都
没说。几天后的一个晚上，她走进了振廷的书房，振廷正在
和世纬谈海爷爷，派出去的人已陆续回来，李大海一去无消
息，怕小草失望，他不敢声张。他们也谈华又琳，不知道她
的来访要拖多久，未来会演变成怎样。正谈着，华又琳敲敲
门走了进来。"傅伯伯！"她开门见山，对傅振廷说，"您觉
不觉得，您、世纬、青青、小草、月娘……你们这一大伙人，

在联手做一件非常残忍的事？""残忍？"振廷一愣，"你在说什么？"

"傅伯母啊，"又琳喊，"你们纵容她逃避现实，联合起来欺骗她，这样做对吗？失明已经是她逃避的好借口，可她眼瞎心不瞎啊！原来你们绝对有机会阻止她逃避的，结果你们却用怜悯来纵容她，造成她今天不只身体上不健康，心理上也不健康，这不是太不幸了吗？"

"又琳，"世纬想阻止，"你这些道理，我们早就分析过了……""如果分析过了，却继续纵容，就更加糟糕了！"又琳接话，"善意的欺骗对她没有好处，只是帮她挖了一个陷阱，让她越陷越深！现在想拉她救她，都不知从何做起！何况，你们迟早要面对问题，除非世纬准备在这儿当上一辈子的傅元凯！"世纬震了震，又琳的话，正说中他心里的痛处。这是事实啊！

振廷怔了半晌。"唉！"振廷长叹一声，显然，这话也说中了振廷的痛处，"是！我们确实是在自欺欺人……一开始的时候，我也反对这种欺骗，我也曾大发雷霆，但是，后来我妥协了，不单因为怜悯静芝，而是……我早已不像外表那么坚强了，我不过是个脆弱的老人……世纬带着小草、青青来到这儿，忽然间把我失去已久的一份天伦之乐，带回到我的身边，这种温暖的感觉，赶走了我的理智……陷进去的，并不止静芝一个人，还有我啊！"这是第一次，振廷如此坦白说出他内心的感觉。看到那么强韧的一个人，也有脆弱的一面，听到他坦承自己的软弱，世纬有说不出来的感动，也有说不出来的心酸。

又琳默然片刻，忍不住又说：

"我在这里再住几天，就要回北京了！世纬，你跟我回去也罢，你不跟我回去也罢！这是另外一个问题！你在这儿的所作所为，是不是像你自己想象的那么有价值，倒值得你好好检讨！说不定，你对傅伯母所做的一切，是爱之适以害之！想想看吧！"她对振廷鞠了一躬，退了下去。

振廷和世纬，面面相觑，两人都说不出话来了。

第十八章

　　华又琳把所有的"真实"，一股脑儿带进傅家庄，让这庄院里的每一个人，都无法逃避，无法遁形了。

　　世纬左思右想，终于决定趁立志小学放寒假的时候，回北京一趟。乡愁和亲情，像两股剪不断的丝，把他层层包裹，密密纠缠。他再也承受不了这种压力了。再有，就是青青和华又琳，必须要做一个了断，这样糊里糊涂下去，绝对不是办法。他拥着青青，千般安慰，万种承诺。

　　"你知道，如果我不回家，你的身份就无法名正言顺。我一定要去告诉我的父母，我所爱的女孩名叫青青，我要娶的女孩名叫青青。至于华又琳，她有权利选择她自己的幸福，我要把这个婚约做个彻底的解决，否则，把她耽误下去，对她也是不公平的！所以，放我回去一趟，让我把这所有的问题都摆平，然后，我会回来和你团聚！"

　　青青默然不语，头垂得低低的。最害怕的事情，终于来临了。"怎样呢?"他问。"我跟你一起回北京!"

他吓了一跳。"不行!不行!""为什么不行呢?"青青眼圈涨红了,"这是我们两个人的事,让我们一起来面对!"

"这未免太鲁莽了!青青,你必须试着去了解我的家庭,我父母是非常传统、非常保守的人。他们完全不知道我在这儿的情形,也不知道有个你!在他们的心中,早已认定华又琳是他们的媳妇儿,假如我现在把你带到他们面前,说我不要华又琳,我要你,那是将他们一军,是跟他们宣战啊!你认为会成功吗?"青青呼吸急促,无言以对,只感到心如刀绞。

"想想傅家庄!"世纬沉痛地说,"想想傅元凯和朱漱兰!我会变成真正的傅元凯,你就是朱漱兰!"

"不会的!不会的!"青青痛喊出声,急忙去蒙世纬的嘴,"不要说这么不吉利的话,你不是元凯,你会长命百岁,我也不是漱兰,请你不要这样说!"

"好,我不说,再也不说了!"世纬抓住她的手,"青青,理智一点,让我们用短暂的离别,换取永远的幸福,好不好?好不好?眼光放长远一点,好不好?我不是一去不回,只是去个把月,我答应你尽快回来,一定回来,你就待在傅家庄等我,好不好?"青青抬眼看他,愁肠百折。

"世纬,"她结结巴巴地说,"我……我……不在乎你有华又琳,如果她肯接纳我,我……我就当第二,也没有关系……只要能跟在你身边,我……我……"

"青青!"世纬惊愕地喊,紧紧注视着她,"不要用这种条件,来诱惑一个平凡的男人!如果我真的接纳了你的建议,你认为你还能真正地快乐吗？华又琳呢？她又能快乐吗？"

青青愣着，答不出话来。

"我看过很多家庭，因为妻妾不和，而弄得天下大乱！我不想做这种家庭的男主人，而且，你已经占满了我整个胸怀，我不知道，我还有什么位置给华又琳？"

"可是，可是，"青青担心极了，"只怕你一回北京，面对你的父母、华家的长辈，你这所有的道理，不一定说得出口啊！""你让我去试一试，好吗？我知道等待的滋味很苦，离别的滋味也很苦，我们一起熬，熬到苦尽甘来的时候……青青，我不要和你做一时的夫妻，我想和你做一世的夫妻啊！"

青青投进了世纬怀里，紧紧拥着他。生怕自己一松手，他就会消失无踪。华又琳得到世纬的承诺，十二月将动身回北京。她算算日子，只有一个多月的时间，她立即做了一个决定：

"我等你！到了十二月，我们一起回北京。"

世纬无法拒绝，青青愁眉深锁。对这样的决定，大家还不敢告诉静芝和小草。整个傅家庄，陷在一种"山雨欲来风满楼"的气氛中。十一月初，扬州医院的眼科主任林大夫登门拜访，力劝静芝为那百分之二十的复明机会去接受手术治疗，他说：

"你没有什么可失去的了。如果手术失败，你和现在一样，不会再增加任何缺陷，如果可以恢复 0.2 的视力，你就等于成功了！"静芝非常抗拒，她说了几千几百个十分牵强的理由，来拒绝这件事。但是，林主任如此积极和主动的态度，却振奋了傅家庄的每一个人。尤其是世纬，想到自己离别在即，不禁强烈地希望静芝在他走前完成手术，不论是成功或失败，总算有个结果。于是，全家大大小小，男男女女，都开始对静芝展开最强大的说服工作。

"想想小草吧！"振廷说，"小草被车撞成那样子，都没有放弃努力，她那种求生的意志让我们每个人都感到震撼，是不是？你怎么可以允许自己如此懦弱？"

"对！我就是懦弱嘛！"静芝逃避地喊，"我已经习惯了！我不需要眼睛！""什么叫'习惯'了？"振廷恼怒而沉痛，"你的'习惯'是全家人付多少代价换来的？要专人全天候地照顾你，一步离身要喊，三步跑开要寻，你一个人在黑暗里摸摸索索，明地里多少人忙得团团转，你知道吗？'习惯'？这个习惯，未免太奢侈了！""其实你也想治好眼睛对不对？"世纬见振廷措辞严厉，急忙插了进来，"想想天空的蓝，湖水的绿，烟雨中的瘦西湖、五亭桥。即使这些你都不想看，想想咱们花园里的四季红、黄金菊、秋海棠，还有那棵琼花树……这些，也是你习惯里的东西，你不想再看看它们的庐山真面目吗？"

"还有我呢！"小草激动地说，"婆婆，你不想看看我是什么样子的吗？你从来就没有看过我啊！"

"不行不行！"静芝挣扎地喊着，"我怕疼！我就是怕疼！我不要动手术……那会疼！"

那天晚上，静芝发现小草跪在佛堂里祷告：

"菩萨！婆婆不肯去治眼睛，她说她怕疼！我也想过那肯定是很疼的，我好想告诉她那不会疼，可我不能骗她呀！所以我要先来跟你商量，可不可以让我帮她疼呢？反正我常常头疼的，多疼一次也没关系……菩萨菩萨，我知道你很灵，婆婆那么爱我，我要报答她呀……"

静芝摸索着冲进佛堂，抱住了小草，流下泪来。

"小草啊！你是老天赐给我的孩子哦！为了你，为了大家，我去治眼睛，我去，我去……"

十一月十五日，静芝动了手术。

接下来，是大家全心全意的期待。静芝眼睛部分缠绕着层层纱布，在医院里住了一星期。医生天天来换药，每次纱布解开时，大家都屏息以待，希望听到静芝喜悦的呼叫声，但是，一次次都失望了。一星期后，医生把室内光线调得很暗很暗，彻底解除了静芝的纱布。"纱布和绷带都不需要了，睁开眼睛，你试着看一看！告诉我你看到了什么？"室内，振廷、月娘、小草、青青、世纬环侍床前，大家都焦灼地期待着，每张脸孔，都充满了热烈的渴盼。静芝似乎在"看"，呼吸急促。目光十分不稳定地转动，头也跟着转动……然后，她发出一声凄厉的呼叫：

"不！我看不见！我什么都看不见！纱布给我！快把纱布给我呀！把我的眼睛缠起来，包起来……我不要再看了！这是没用的！我还是个瞎子，我注定是个瞎子！我早就知道了！"

大家都失望极了，小草尤其难过。只有林医生，反复用仪器检查之后，说："真的不需要纱布了。先出院回家吧！慢慢适应光线，每天定时上药，过几天，我们再检查！"

静芝在大家的搀扶下，回到了傅家庄。不知怎的，手术前，她的眼睛是睁开的，手术后，她反而老闭着眼，口口声声要她的纱布："我要纱布！把眼睛包起来！包起来！没有纱布，我觉得好不安全！""睁开眼睛！"世纬说，"医生说，你要适应光线！"

静芝睁开眼，茫然四顾，痛苦不堪。

"我什么都看不到啊！"

"婆婆，没有关系！"小草走了过来，"你不要难过，说不定哪天，你就看见了……"小草走得急了，脚下一绊，差点摔了一跤，静芝本能地伸手一抱，喊：

"小心！"全屋子的人都傻住了。

小草慢慢离开静芝的怀抱，抬头看她。

"婆婆！"她小小声地说，"你看见了！"

静芝瞪着小草，面如死灰。她猝然间跳了起来，奔到窗边去，用手蒙住眼睛，她凄厉地喊：

"为什么要拿走我的纱布？我躲在纱布后面，听着你们的声音，一个个我所熟悉的声音，我才能拥有你们啊！我不要看，我根本不要看呀！"世纬全都明白了。他大踏步冲了过来，惊喜交加，却也激动莫名。他用力拉下静芝的手来，扶住她的身子，强迫她面对着自己："原来手术已经成功了！只是你不要看，不想看！你激动伤心痛苦都不是因为手术失败，而是你找不到元凯！你看到的我，是一张完全陌生的脸孔！"

静芝满脸恐惧，慌乱地瞪着世纬。

"我不认识你，你是谁？"

振廷冲上前去了。"静芝！你看见了！"他激动嚷着，"为什么你还要装成看不见呢？你睁大眼睛，看看我们每一个人吧！"

静芝更加慌乱了："振廷，元凯呢？元凯呢？"

"醒醒吧！"振廷喊着，"没有元凯，只有世纬！你面对着世纬，却在心中勾勒出元凯的形象，这个年轻人，他来自北京，他不是我们的元凯啊！"

静芝仓皇地想退开，可是，世纬紧握着她的双臂，不许她逃开。"看着我！傅伯母！"他有力地说，"把我看看清楚，我了解这一刻，对你来说是多么困难，可是，你一定要面对真实啊！医生已经为你打开了灵魂之窗，现在就靠你自己打开心灵之门，请你打开它，勇敢地走出来吧！"

静芝退无可退，紧张地大叫起来。

"媳妇儿！媳妇儿！"

月娘推着青青走上前去。

"太太，这就是你喊作媳妇儿的人！你看看她！也许你并不记得你真正的媳妇儿长得什么模样，也许你也不记得她真正的名字叫漱兰，但是，这个年轻的姑娘，比漱兰小了十来岁呀！"静芝战栗地瞪着青青，手足失措。

"你……你是谁？"她问青青。

"我是青青！""你不是我的媳妇儿？"她再问。

"我不是。"静芝泪流满面了。小草奔过去，抱住了静芝。

"婆婆，你别哭，虽然大哥不是元凯，青青也不是媳妇

149

儿，可是大家都爱你呀！"静芝终于"正视"世纬，她颤抖着双手，去抚摸世纬的脸孔，从眉毛，到眼睛，到鼻子，到嘴唇……她摸着，看着，泪落如雨。张着嘴，她努力地想说话，都说不出来。

"你想说什么，说吧！说吧！"世纬鼓励地。

"你……你……"静芝用出全力，终于吐出声音，"你不是我的元凯……你是世纬！你是何世纬！"

世纬把静芝搂入怀中，紧紧抱住，泪水也夺眶而出。

"是！我是何世纬，对不起，我好抱歉我不是真的元凯！"

静芝放声痛哭起来，这一哭，真是肝肠寸断。满屋子的人，全都稀里哗啦哭成一团。振廷尤其是老泪纵横。良久之后，静芝慢慢抬头，推开世纬，她找到振廷。

"振廷！"她恍如隔世般地说，"你……你头发都白了！"

振廷眼泪一掉，伸手握住静芝的手。

"是的，我们的头发都白了！"

静芝看到了月娘："月娘，这些年来，委屈了你！"

月娘泪如泉涌，激动地喊着：

"太太！月娘心甘情愿呀！"

静芝再看振廷："振廷！我们的儿子呢？元凯呢？"

"死了！"振廷清清楚楚地说了出来，"他死了！死了快十年了！"静芝呆立了几秒钟，然后摔开众人，奔出房去。众人紧跟在她身后，追了出去。她一直奔到前院里，在吟风阁下的广场上，手扶着一块假山石，跪伏于地。

"是的！是的！他死了！死了！"她痛喊出声，"就在这儿！漱兰把他的棺木送了回来……儿啊！元凯啊！"她凄然狂喊，"长长的十年，娘不曾为你烧过香，不曾为你招过魂……你就这样去了！儿啊！我终于想起来了……你去了……你早就去了……"她哭倒于地。振廷、月娘奔上前来，一边一个扶着她。但是，这样锥心刺骨地恸，使振廷与月娘，也跟着哭倒于地。

世纬、青青、小草全涌了上去，伸手抱住他们。

"伯母！"世纬热烈地喊，"元凯如果死而有灵，现在能看到一切，他见你双眼复明，神志清醒，他会含笑九泉的！"

"婆婆，你哭吧！"小草不知怎的，被这份悲恸感染了，也哭得泪如雨下，"我陪你哭！明天，我陪你去给元凯叔叔扫墓，我们给他烧香，我们给他招魂……好不好？"

静芝一把握住振廷："元凯，他……""是的！"振廷一边点头，一边掉泪，"他就葬在后面福寿山上！这些年来，你从不曾去过！"

"振廷啊！"静芝哭喊着，伏在振廷肩上。

大家都哭了。满院站满了人，都是奔出来观看的家人仆佣，此时个个都落泪了。就连那事不关己的华又琳，都目瞪口呆地站在庭院里，不知不觉地流了满脸的泪。

第十九章

　　静芝的视力，并没有完全恢复，她不能看书，不能看远，也看不见很细微的地方。但是，配上眼镜，她可以看到庭院里的花与树，房间里的桌与椅，餐桌上的菜与汤。最可贵的，是她能分辨出人与人的不同。再也不用听到声音，就提高嗓门问"是谁？是谁？"，这真是件太美妙的事情。当然，对静芝来说，从不能看到能看，她又用了好些日子，才能适应。尤其是面对真实之后，再也无从遁避，元凯之死，带来了刺骨之痛。可是，她终于从沉睡中苏醒了。

　　十二月一日，黄历上是个良辰吉日。在傅家庄，这天完成了一件大事。在静芝的坚持下，恳求下，在振廷与月娘的半推半就之中，傅家摆酒宴客，振廷在这个日子里，正式收了月娘为二房。那晚的傅家庄，真是热闹极了，灯烛辉煌，嘉宾云集。裴家的老老小小全来了，石榴也来了，地方上的父老士绅也来了，医院里的医生护士也来了。酒席从餐厅摆到花园，鞭炮放了一串又一串，真是喜气洋洋。其实，傅振廷娶妾，原不必如此铺张。但是，为了庆祝静芝眼睛复明，为了扫除这十年的阴霾，为了小草恢复健康，也为了世纬即将离去……这次的宴会，还真是一举数得。

绍谦那晚喝醉了。拥着石榴，他对青青说：

"人世间的姻缘，真是上天注定，半点也不能强求！你们这真哥哥假妹妹的，弄得我晕头转向，追得我七荤八素，原来，老天早就给我准备了一个人，就是石榴！"

石榴面红耳赤，直往青青身后躲。绍谦抓着她不放，大着舌头嚷嚷："好不容易今天不害臊了！才给说出来，你躲什么躲？"他一抬头，满眼都绽着光彩，"你们知道吗？前几天我跟南村那个吴魁打了一架，因为他抬了两箱聘礼往石榴家放，摆明了要抢亲！这还有天理吗？我听了就很生气，冲过去打了个落花流水，一场架打完了，吴魁问我，你是不是要守她一辈子，你不守着她，我还是要来抢！我当时就说了，我守她一辈子，我娶她！"满座宾客，全欢呼起来了。石榴的脸孔，这下子真像她的名字，红得像熟透的石榴。青青太为这一对高兴了，看着他们两个，想着这大半年来的种种，简直是笑中带泪的。绍谦嚷完了，忽然就一把抓住了世纬，大声说：

"你要把我们青青怎么办？你就说吧！你不给我撂下一句明话，我不会放你回北京的！"

世纬一句话已到了喉咙口："我守她一辈子，我娶她！"但是，一转眼看到华又琳，亮晶晶的眼睛，正盯着他看。他猛咽了一口口水，把这句话用力地咽回去了，只勉强地说了句：

"我们再谈！"青青好生失望。她不由自主，就对华又琳看去。正好华又琳掉过眼光来看她，两个女人的目光一接触，两人都震动了。此时，娶妾的仪式开始了。傅家还维持了传统的规矩，有个简短的仪式。丫头们捧着一个红绸托盘，托盘里放着一支银制镂花的发簪，静芝拿起发簪，给月娘簪上，月娘跪在静芝面前行大礼，司仪在旁边说：

"侍妾卑下，给太太磕头！"

月娘磕下头去。静芝一伸手，扶起她来，阻止了她的大礼，非常激动地说："虽然只是一个仪式，无伤大雅，我仍然不忍心加之于你，没有你，如何能有今天的我？十年的任劳任怨，十年的大好青春，你为我付出的是一个女人最可贵的一切，今天我怎么能拿着正室的头衔，让你对我行大礼？这些形式留给别人去用吧！我们傅家的月娘免了！"

宾客们鼓起掌来，人人感动。青青心有所触，不禁又对华又琳看去，正好华又琳也再度对她看来，两个女人的目光再次接触，两人又都大大一震。

第二天，华又琳和青青两个，避开了众人，在傅家庄的吟风阁上，第一次面对面地恳谈。

"我不敢和你争，"青青有些瑟缩，十分局促地说，"我知道我没有资格，但是……你可不可以……可不可以让我做月娘？"华又琳睁大眼睛，一瞬不瞬地看着青青。

"这是你们两个的意思吗？"她直率地问。

“不。”青青咽了口气，“我没有和世纬讨论过，我想……如果我们两个有了默契，或者世纬会知道怎么办？”“那么，他现在并不知道要怎么办吗？”

“我想，他是很为难的。”

华又琳俯头沉思。半晌，她抬起头来。她的眼光非常幽柔，却深不可测：“我希望我们今晚的谈话，只有你知我知，不要传到世纬耳朵里去，那么，我就可以和你谈点我内心的话。”

“好的，我发誓，我绝不说！”

华又琳深深吸了口气。

“让我告诉你吧，傅伯母和月娘，确实让我心中感动。事实上，自从来到傅家庄，许许多多事情，都让我很感动。但是，我绝不是傅伯母，你也绝不是月娘！目前，我对何世纬这个人，还在评分当中，如果我给他的分数很高，那么，青青，我不管他有没有你，我会和你一争高下！我华又琳，没有那么好的气度，容许两女共事一夫的事！我也不认为何世纬配得上这种福气！如果我给何世纬的评分不高，你放心，我会把他完完全全地让给你！所以，现在的关键，是我给何世纬的评价，而不是我们两个，能不能和平共存！”

“那么，那么，”青青有些糊涂，有些焦急，“如果你给他的分数很高……”“那你就是我的情敌！”华又琳坦率地说了出来，双眸闪亮，如天际的星辰，“我不会因为你的出身家世来看低你，我知道你是一个劲敌。但是，我们两个就像赛跑的人，你比我先跑，所以赢了我一大截。不过，我会很努力地追，拼了命要赢过你！我们这场赛跑只能有一个赢家，不是你就是我！绝没有平手！"华又琳对她深深点了点头，"所以，假若他的分数很高，我们只好各显神通！我不急，我还有很多时间和机会！"

青青越听越心惊，她抬眼看华又琳，那么美丽，那么自信，那么高贵，又那么光芒四射。她顿时就泄了气，自惭形秽的感觉把她整个包围了，她后退了一步，非常悲哀地看着华又琳，觉得自己已经输了。

"不要那么难过的样子，"华又琳笑了笑，"以目前的局面看，你已经稳操胜券了，输家是我呀！该悲伤的是我呀！何况……"她抬了抬下巴，挺直了背脊，"我的评分工作还没有完，说不定，他根本不及格呢！"

关于这次谈话，青青很守信用，没有告诉任何一个人。只是，她的忧郁症加重了。十二月已到，学校里就快放寒假了，离别的时间也一天比一天接近，离愁加上担忧，青青很快憔悴了。就在这时候，傅家庄又发生了一件大事，对小草、青青、世纬都带来极大的震撼，对振廷、静芝、月娘……和整个傅家庄，简直是惊天动地了！

海爷爷回来了！这天午后，长贵一路奔过庭院，穿过月洞门，穿过好几进花园，一路喊着："海叔回来了！老爷！太太呀！海叔回来了！"

振廷、静芝、月娘、小草、世纬、青青、又琳……全从各个角落往外奔，小草太激动了，等待了快一年呀！她的海爷爷啊！大家蜂拥到吟风阁外的广场，就看到李大海风尘仆仆，一身潦倒，满脸憔悴地站在那儿。振廷奔过去，握住大海的手，真情毕露地喊出来：

"大海！我派了好多人去找你，找得好苦哇！你这个老糊涂，和我吵吵架，吵过就算了，还认真吗？我这火暴性子还摸不清吗？怎么当真给我走得无影无踪……你的侄孙女儿，在我家已经住了大半年了！也等了你大半年了呀……"

小草飞奔而来，张着手臂，流着泪喊：

"海爷爷！海爷爷！是我啊！是小草啊！我和青青来找你，你怎么不见了呢？怎么不去东山村呢……"

李大海瞪视着小草，张口结舌。

"小……小……小草！"他颤抖地伸出手去，"你怎么会在这儿？真的是你？小……小草？"

"是我啊！"小草抱住了李大海，喘着气，又哭又笑地说，"我在这儿住了好久好久了呀……"

"是啊！"静芝走上前去，搀扶着那摇摇欲坠的李大海，"你的小草，真是个宁馨儿啊！这一年里，她感动了我们每一个人，连我的眼睛，都因为她的努力，才治好了呀！你这个侄孙女儿，真是我们全家的宝贝呀！"

李大海不相信地，做梦般地看静芝，看振廷，看小草……双膝一软，扑通跪落地。"老天有眼呀！"他痛喊出声，双眼看天，"大树千丈，落叶归根……元凯少爷呀！你在天之灵，默默保佑啊！你指引的这条路，十分辛苦，总算走到了呀！"

全体的人，都大大震动了。静芝痉挛般地一握李大海的胳臂，战栗地问："你说什么？你说什么？为什么要扯上元凯？这与元凯有什么关系……"李大海推出怀里的小草，老泪纵横了。

"老爷太太啊！这小草，她是你们的孙女儿呀！我守着这个秘密，已经十个年头，把她寄养在亲戚家，也已经九年了！老爷啊，挪用公款，是迫不得已呀，我那不成材的表侄儿，一直敲诈我呀……老爷啊！你再看看这孩子，难道你没有几分熟悉……她是元凯和漱兰的女儿啊！"

静芝一个踉跄，差点晕倒。月娘慌忙冲上前来扶住。振廷如遭雷击，整个人震动到了极点，他抓住李大海，开始疯狂般地摇着他："怎么会这样？你说的是些什么话？怎么会这样？"

"老爷太太，你们回忆一下吧！这孩子，漱兰曾经抱回来过呀！就在这儿，就在我跪下的地方，漱兰扶枢归来的时候，曾抱着这孩子，请你们让她认祖归宗……老爷，那时你悲恸欲绝，不肯承认这孩子，你当时说的话，还言犹在耳呀！你说你既不承认这个婚姻，也不承认这个孩子呀！"

恍如晴天霹雳，振廷被这霹雳打得站立不稳，东倒西歪。他倒退一步，急忙去看小草。此时，小草已被这样的突发状况，弄得心神大乱。她看看李大海，再看看振廷、静芝，脸孔刹那间就变得雪一般白。她颤声地、恐惧地问：

"怎么回事？海爷爷，你不要吓我，我是你的侄孙女儿，我没爹没娘……你说的，你说的……怎么会变成这样呢……"

"孩子啊！"静芝已经整个醒悟了，眼泪疯狂般地掉下来，她对小草伸出双手，祈求般地喊着，"原来你是元凯的孩子，原来你是我们的亲骨肉呀！我现在才懂了，为什么你的一言一语，总是牵动我的心……原来是骨肉天性呀！小草，过来……"她伸手去拉小草。小草急急一退，慌乱地说：

"不是这样的，海爷爷！海爷爷……"

"是这样的！"李大海扶住了小草，"小草，你爹临终时，心心念念要你认祖归宗，现在，虽然晚了十年，总算等到了这一天，你快认了你的爷爷和奶奶吧！"

振廷注视着小草，往事历历，如在目前。朱嫂、棺木、漱兰，还有漱兰怀抱里的婴儿。他下令开棺，棺盖开了，元凯的尸体赫然在目，这使他所有的希望全体破灭，漱兰手抱婴儿，惨烈地喊着："对不起，这是个女孩子，但她是你们的骨血！孩子无辜，请你承认她，收留她吧！"

女孩子！如果是个男孩子，他大概不会那么绝情。一个活生生的儿子，竟换来这样一个哭哭啼啼的小女婴？他心魂俱碎，一面倒退，一面凄厉地狂喊：

"你剥夺了我儿子宝贵的生命，却抱来这么一个小东西要我承认？她身上流着你的血液，你这个女人，导致我家破人亡！承认？不！我既不承认你们的婚姻，我也不承认这样的孩子！不承认！不承认！永不承认……"

往事历历，如在目前。自己说过的句句字字，如今都成绵延不断的轰雷，一个接一个地在耳边劈下。他注视着小草，感到自己已经被劈得七零八落。

"小草啊！"他颤声喊，"我害你十年来，不曾享受过家庭温暖，害你流浪在外，漂泊多年！小草啊！你不知道我现在有多么后悔！"小草抬起头来，眼泪一掉。

"你不承认我！你不要我！被赶走的元凯和漱兰，原来是我的爹娘？海爷爷不是我的亲人，你们才是？我不喜欢你们这样讲！"她泪落如雨，剧烈地抽咽着，"你们大人一下子讲这样，一下子讲那样！我不喜欢，我不要！我是小孤儿，青青知道！"她找到青青，哭着奔向她。"青青！青青！青青！"她扑进青青怀里，痛哭起来。

"报应！报应啊！"振廷痛楚地低喊，"都是我造的孽！当初不认你，换了你今天不认我！"

"小草！"静芝去拉小草，"你一直那么爱我，现在，知道我是你的亲祖母，你为什么不高兴呢？"

"我不要！我不要！"小草哭着，挣扎着，"如果你们是我的爷爷奶奶，那么漱兰呢？我的娘呢？"

"小草啊！"李大海冲口而出，"你的娘还活着！活得很不好，活得好辛苦啊！但是，她还活着呀！"

此话一出，小草呆住，静芝、振廷呆住，全体的人，都呆住了。

第
二
十
章

　　那天晚上，所有的人都围着李大海，听李大海细述漱兰
的故事。天气突然转凉了，房里生起了火盆。大海坐在火盆
边，小草搬了张小凳子，坐在他的膝前，仰着脸，痴痴地看
着他。振廷、静芝、月娘、世纬、青青、又琳全围着火盆坐
着，都非常专注地凝视着李大海。"漱兰的娘家在苏州，家里
除了母亲朱嫂以外，已经没有人了。元凯和漱兰婚后，在苏
州住过一阵，生活艰难，又转往无锡，就在无锡生病去世。
漱兰和朱嫂，把元凯少爷的灵柩送回来以后，就又回到了无
锡。这期间，傅家和漱兰虽斩断了关系，我却背着老爷，每
年去无锡两三次，给漱兰母女送一点钱去。我想，小草好歹
是少爷的骨肉，漱兰好歹是个媳妇……说不定，老爷会有回
心转意的一天……"他注视着振廷，歉然地说，"老爷，是我
把元凯少爷抱大的，我实在于心不忍呀！""你做得好，做得
好！"振廷激动不已地低喃着，"我傅振廷何德何能，会有你

这样忠心的家人啊！"

"后来呢？"小草急急地问，"我不是跟我娘住一起的吗？怎么会去北方呢？""唉！"李大海长叹了一声，"那漱兰本想把孩子送回傅家庄，自己就追随元凯少爷去了。谁知老爷在悲恸欲绝中，竟把漱兰母女三代，全逐出门去。漱兰回到无锡，痛定思痛，整个人就失魂落魄的。那时小草还没满周岁，漱兰也爱得厉害，可是，她一天比一天糊涂，逐渐就什么都弄不清了……"

"我知道了，"静芝哑声说，"她和我一样糊涂了，不肯承认元凯已经去了……""不不，不一样。"李大海接话，"太太只有对元凯少爷的生死问题糊涂，其他的事情都清清楚楚，有条有理的。漱兰不一样，她所有的事都搞不清楚了。她会在大太阳天，拿着蓑衣，打着雨伞，跑到田里去，口口声声说下大雨了！她还会在下大雪的日子，抱着衣服去井边洗，把自己冻成一根冰棒。她分不清春夏秋冬，弄不清自己是冷是热，也不管白天黑夜……她把朱嫂弄得疲于奔命……她是完完全全地疯了呀！"小草睁大眼睛，眼里已蓄满了泪。

"可是，漱兰好爱小草呀，在这种情况下，她总是抱着小草不放。所以，下雨天小草跟着她去淋雨，下雪天跟着她去淋雪，大太阳天跟着她晒太阳。这还没关系，她疯得越来越厉害，就常常忘了手里抱着孩子，一次，差点把小草摔到井里，一次又掉进火盆，幸好朱嫂没命地抢救，才没有烧死……因为元凯少爷是肺炎去世的，漱兰最怕的事就是小草着凉，她用一条条棉被把她裹着，有次又差点闷死……这样发展下去，朱嫂胆战心惊，一天到晚和漱兰抢小草，每次抢走了小草，漱兰会尖叫大闹，非抢回不可。抢了回来，又不知道如何保护……这样，有一天，正好我去了，发现朱嫂抱着小草没命地逃，漱兰拿着把剪刀在后面追，原来漱兰要给小草剪头发，朱嫂看她眼睛发直，没轻没重，吓坏了，去抢小草，混乱中，朱嫂手腕上被剪刀划了过去，伤了好深一道口子，流了好多血。我制伏了漱兰以后，朱嫂已经崩溃了。她把小草交给我，说：抱她走吧！随你把她送给什么人，让她可以好好活下去就行了！我检查小草，发现这未满周岁的孩子，已经遍体鳞伤，再看朱嫂那残破的小屋，和神志不清的漱兰，我知道，要救她们祖孙三个，只有狠下心来，送走小草……"

李大海停顿了一下，眼光落在小草脸上。

可怜的小草，听了这样的故事，她又落泪了。

"我知道了，然后，你就把我送到表叔表婶家！"她吸了吸鼻子，"可是，你怎么不告诉我呢？"

"我决定送走小草的时候，"李大海继续说，"朱嫂哀求地对我说，要我保证照顾小草，但是，永远不要告诉小草有关漱兰的一切，她哭着说：不要让孩子知道她的母亲是这种样子！她还说，她要全心照顾她的女儿，既然无力抚养小草，从此，就当不曾有过这个孩子！我抱着小草离去的时候，正下着大雪，漱兰知道我抱走了小草，她追在后面惨叫：'不要不要……我要小草！我不闯祸了！求求你们！别把我们母女分开呀！还给我！求求你们把小草还给我……'那叫声真是凄惨，我抱着小草回头对她们说：'你们永远不会失去小草！我发誓要让她好好长大，总有一天再与你们团圆！我一定做到！'"

小草听到此处，早已成了个泪人儿。她把李大海紧紧抱住，哽咽地喊："海爷爷！你一直瞒着我！你怎么一直瞒着我！现在呢？我娘好不好？我外婆好不好？她们还在无锡吗？无锡在什么地方呢？我们快去找她们吧！"

"是啊！"静芝也哭得稀里哗啦，"振廷，我们快去无锡，把朱嫂母女两个，都接到傅家庄来吧！"

"是！"振廷拭了拭泪，看着小草，"我们明天就动身，去接你娘，接你外婆！让我用以后的岁月，来弥补以前的错。"

"太好了！"世纬感动得眼睛都湿了。这才知道，当初月娘述说漱兰"扶柩归来"的故事时，刻意隐瞒了有个女儿的事实，想必，月娘对振廷不认小草，也很不以为然吧！他注视着小草说："小草，真没想到，当初我送你来扬州，只是找你的海爷爷，现在，不止找到了海爷爷，还有你娘、你外婆、你爷爷、奶奶……原来你不是小孤女，你有一大家子亲人呢！明天，让我和青青，陪你去接你娘！"

"我可不可以去呢？"华又琳忍不住问。

"去去去！"月娘说，"我们大家都去，当初不曾给漱兰风光过，现在，我们把她风风光光地接回来。老爷，行吗？"

"就这么办！"振廷回头就喊，"长贵！你快去安排船票，算算看有多少人去！""月娘，你就去打扫房间！"静芝吩咐。

"我让出我的房间给她们住！"世纬急忙说，"我住到客房里去，我现在那房间，是元凯以前住的，或者可以唤回漱兰的回忆！""对对对！"月娘说，"这样最好不过……"

"等一等，等一等！"李大海见大家说得热络，急忙提醒众人，"你们一定要知道，漱兰已经疯了许多年，而朱嫂，也早已心力交瘁……你们要接她们回来的计划，还是等见了面再说吧！"大家注视着李大海，每个人都感觉到李大海言外之意，是无比地沉重。只有小草，带着全心全意的热诚和期盼，说：

"我已经等不及明天了！如果今天就是明天，那有多好！"

漱兰和朱嫂，住在无锡郊外，一栋破落的小四合院里。院子早已荒圮，杂草丛生。东西两厢房都空着，她们母女，住在南院里。两间窄窄的屋子，堆满残破的家具，和残破的日用品。这天的漱兰很不安静。整天在屋子里东翻西翻，不知道在找寻什么。朱嫂的眼睛跟着她转，平常用来安抚她的毛线篮，今天也起不了作用。她像一只困兽，在室内兜了几百圈后，忽然跑进院子里，一眼看到放在屋檐下的水缸，她大惊失色，冲过去提起水缸边的两个水桶，返身就往外狂奔而去。"漱兰！你去哪里？漱兰！你回来啊！"朱嫂追上前去，要夺水桶，"给我！给我！你拿水桶做什么？"

"我要去打水！"漱兰喊着，"只剩半缸水了，不行的！我要把水缸装满，然后我去劈柴……"

"你不要打水！也不要劈柴，你给我在房间里待着！"朱嫂用力去拉她。"不行呀！"漱兰开始尖叫，"天快黑了，太阳下山了！元凯快回来了！他看到水缸不满，会去打水，他会累出病来的，不行不行……让我去呀！"她奋力一夺，力大无穷，手上的水桶，重重地敲打在朱嫂的腰上，朱嫂痛得弯下身子，漱兰乘机冲过去打开大门，拔脚飞奔。

"回来啊！漱兰！不要乱跑呀！你别给我闯祸了，我求求你呀……"朱嫂顾不得痛，站起来就追。

漱兰挥舞着水桶，跑得好快，朱嫂在后面，追得好辛苦。

就在此时，振廷、静芝、小草、大海等人，浩浩荡荡地来了。抬头一看，见此等景况，一行人都大惊失色。漱兰已舞着水桶奔近，朱嫂见一大群人，也没弄清楚是谁，就着急地喊："请帮忙拦住她！别让她跑了！快！"

"朱嫂！你别急，是我们来了！"李大海急忙说，一下子拦在漱兰前面，"漱兰，你别怕，是我啊！我是海叔，我来看你们了！"漱兰忽然看到好多人，吓了一跳，收住脚步，害怕地看着李大海，身子开始节节倒退。

"谁？谁？谁？"她嗫嚅着，"不要拦着我，我没有闯祸，我要去打水，打水……"小草排开众人，大步冲上前去，抬起头来，她一瞬不瞬地凝视着漱兰。虽然漱兰衣冠不整，容颜憔悴，但她仍然是个非常美丽的女人。小草就这么一看，母女天性，已油然而生，她张开手臂，一把抱住了漱兰的腿，哭着喊：

"原来你就是我的娘啊！娘！娘！我是小草啊！你的小草啊……"随后追来的朱嫂，大大地震动了。她看小草，看大海，再看到静芝、振廷、月娘……她全然明白了。她的脸色倏然惨白，呼吸急促："大海！你……你让他们祖孙相认了！我不是说过，小草送给谁都好，就是不许送回傅家庄吗？"

"朱嫂！"大海歉然地说，"不是我的安排，是老天的安排呀！此事说来话长。但是，小草确实已回到傅家庄，也知道她自己的身世了！""朱嫂！"振廷往前跨了一步，"请原谅我以前的种种吧！"

"朱嫂！"静芝也哀恳地说，"我们带了小草，来向你请罪呀！""小草……小草……"漱兰开始喃喃自语，丢掉水桶，张开双手，茫然失措地看着那抱住自己的孩子。

"是啊！是啊！"小草仰起头来，满脸泪痕，"我就是小草，我来看你了！对不起，我应该早点回来的，可我不知道啊！一直到现在才晓得我有娘……对不起，娘！你原谅我呀！"

朱嫂这样一听，就再也顾不得振廷和静芝了，她扑蹲下来，激动地去拉住小草，上上下下地看她，泪如雨下。

"小草，你长这么大了，长得这么好了！当初忍痛送走你，还是做对了！"小草泪汪汪地看着朱嫂：

"你是我的外婆，是不是？"

"是！"朱嫂抽噎着，心酸极了，"孩子啊！外婆没有用，不曾好好照顾你，那么小，就忍心把你送走……外婆好难过呀！""外婆！"小草激动地大喊，扑进朱嫂怀里，"我都知道了，你是为了爱我，才送我走的！你要照顾娘，你没有办法……你是好外婆，世界上最好的外婆……"

"小草！"朱嫂泣不成声了，"我的小草呀！"

漱兰震惊极了。这一声声"小草"，把她引回一个遥远的世界。她忽然想起了什么，转过身子，就向家里飞奔而去。

"小草？"她边跑边叫，"我的孩子啊！"

她冲进家门，直冲向卧房，满屋乱转地找寻着，最后扑到床上，急急忙忙拉了一个枕头，紧紧搂在怀里，笑了。坐在床沿上，她摇着枕头，温柔地拍抚着枕头，低喃地唱起歌来："小草儿乖乖，把门儿开开，快点儿开开，让你进来……小草儿乖乖，把门儿开开……"

朱嫂和众人都已追了进来，看到这种情况，人人都呆住了。小草眼睁睁地看着漱兰摇着枕头叫小草，实在受不了了，热泪盈眶地冲过去，她一把握住漱兰，激动地喊：

"娘！那只是个枕头，我才是小草，我才是啊！我长大了！都十岁了！你听懂没有？不要抱枕头，你抱我，哄我，摸我，亲我呀！"漱兰吓坏了。慌手慌脚地推开小草，死命抱紧枕头。

"不要吵！"她紧张地说，"孩子要睡觉！让开！让开！"她注视着怀里的枕头，"这是我女儿，她叫小草，我给她取的名字，女孩儿像小草……她三个月了……"她摇头，"不对，好像半岁多了……"她又摇头，"也不对，我记不清楚了……""是十岁了！十岁了呀！"小草急切地喊，"娘！你怎么回事呢？我们分开这么久，现在终于见面了，你怎么不要我，却要一个枕头呢？"朱嫂再也忍受不了，扑上前去抢那个枕头。

"漱兰！"她大喊着，"你睁开眼，看看清楚呀！孩子回来认你了呀！一声声叫娘，叫得我心都碎了，你怎么还能无

动于衷，疯疯傻傻地去认一个枕头？不可以这个样子！把枕
头给我！"漱兰抱着枕头，急急往床里躲去，朱嫂用力一夺，
枕头落入朱嫂手中，漱兰尖声大叫起来：

"我的小草啊！还给我还给我！不要抢走我的小草啊……
没有元凯，没有小草，我活不成啊……"

她叫得如此凄厉，人人都觉得惊心动魄。小草急急去拉
住朱嫂，哭着说："外婆！你就把枕头还给娘吧！不要吓她
了！她抱着枕头，就像抱着我一样啊！"朱嫂泪水不断地滑
落，望着小草，心里真是又悲痛又感动。她不由自主地把枕
头交给了小草，小草又把枕头交给了漱兰，漱兰夺走枕头，
就往床里面爬去，缩在床角，抱紧枕头，整个人缩成一团。
"朱嫂！"振廷往前跨了一步，含泪说，"跟我们回傅家庄吧！
我今天带着赎罪的心情来这儿，要把你们母女接回家去，漱
兰这种情况，需要治疗啊，我们给她请医生，说不定可以治
好她！""不！"朱嫂强烈地说，蓦地挺直了背脊，"九年来的
每一时每一刻，每一分每一秒，我和漱兰都活在你们的阴影
底下，这无休无止的折磨，全拜你们所赐！这场冤孽源自你
们，害苦了我们！现在，你想把我们接回去，换得你良心的
平安，没有那么容易！今生今世，我最不愿意再去的地方，
就是扬州傅家庄！""请你停止恨我们吧！看在小草的分上，
不要再恨我们了吧！"静芝悲切地喊着，"无论如何，我们共
有着这个孩子呀！朱嫂，请给我们弥补的机会吧！"

"你们要弥补是吧？"朱嫂激动地说，"那么全体弥补到
小草一个人身上去吧！""外婆！"小草回过头来，拉住朱嫂

的手，"你和娘不回傅家庄，我也不回去了，我要跟你们一起住，现在我大了，可以和你一块儿照顾娘！""不不不！"朱嫂着急地说，"你不能回来住！"

"为什么不能？"小草问，"以前我是小娃娃，你才要把我送走，现在我会照顾自己，会做许多事……"

"不行不行！"朱嫂慌忙把小草推给静芝，"带走带走！你们快把她带走！""为什么你们都是这样？"小草倒退着，泣不成声，抬头看朱嫂，"他们以前不要我，现在换你不要我，好不容易找着了娘，她只要枕头，也不要我！为什么你们都不要我嘛？"

"朱嫂，"李大海沉痛地说，"别再伤孩子的心了，跟我们回去吧！让漱兰换个环境，说不定会好起来！"

"我的漱兰不会好了！"朱嫂摇着头，"家破人亡，生离死别，把她已经毁灭得干干净净！她不会好了！她现在只剩下一具空壳子，早已活得毫无意义，毫无尊严了！这种没有尊严的日子！让我和她一起熬过去！你们走吧！不要再来打扰我们了！""不对不对！"世纬再也无法维持沉默，挺身而出了，"朱嫂，你一定要相信，这世界上有奇迹，精诚所至，金石为开！傅伯母双目失明，可以重见天日，小草被车撞得奄奄一息，可以恢复健康……你如果目睹了这大半年来发生的种种事情，你就会相信，沧海可变为桑田！过去的悲哀，把它统统结束吧！过去的恨，也从此勾销吧！朱嫂，小草才十岁，不要让她到二十岁、三十岁时，还有悔恨！为了爱漱兰，为了爱小草，你就跟我们回傅家庄吧！你是漱兰的母亲，你选择了终身陪伴漱兰，无怨无悔！如果漱兰现在有选择的能力，你焉知道她不会选择小草？此时此刻，一家团聚，才是最重要的呀！"朱嫂凝视着世纬，她弄不清楚这个年轻人是谁，但是，她却深深撼动了。

第二十一章

就这样，漱兰和朱嫂，住进了傅家庄。

这真是一件不可思议的事情，裴家老老小小都来看漱兰，知道小草原来是振廷的孙女，大家的兴奋，都溢于言表，对振廷、静芝，称贺不已。但是，振廷与静芝的情绪，却非常沉重。漱兰走进以前走过的花园，进入以前停驻的房间，踏上往日的楼台亭阁，走上熟悉的假山水榭……她并没有像大家所期望的"恍然梦觉"，相反，她很害怕，缠着朱嫂，抱紧了枕头，她只是一个劲儿地说：

"娘，我不喜欢这里，好多好多人，挺可怕的！我们回家去！走，我们回家去好不好？"

月娘和静芝，向她解释了千遍万遍，这里就是"家"了。她越听越恐惧，越听越瑟缩。最后，就抱着她的枕头，缩在那好大的雕花木床里面，怎么叫也不出来。

小草自从漱兰归来，眼睛里就只有朱嫂和漱兰。每天一早，她就跑到漱兰房里，陪她梳洗，陪她吃早饭，甚至，陪她唱催眠曲，哄她怀中的枕头睡觉。她不肯去上学，也不再和绍文嬉戏，对青青和世纬，她都疏远了。她全心全意，想要在漱兰身上找寻母爱，也全心全意，要奉献出她的孺慕之情。她这样依恋着漱兰，漱兰对她的存在，却一直糊里糊涂。看她每天忙着端茶端药，送饭送汤，声声唤娘……简直让人心碎。她却做得热切而执着。这样一个心中有爱的孩子，对振廷和静芝，却表现出最冷漠的一面，自从身世大白之后，她喊娘，喊外婆，就是不喊振廷与静芝。以前，她称呼他们为老爷和婆婆，现在，她完全避免去称呼他们，甚至，看到他们就逃了开去。有次，月娘忍无可忍地捉住小草，激动地说："我不相信这是我所认识的小草！我不相信！你一向那么懂事，又那么善解人意！你爱家里的每一个人……怎么现在你变得这么狠心啊？难道以后，见到老爷太太，你都要不吭一声地跑掉？不管你喊不喊，他们都是你的爷爷奶奶呀！"

小草掉过头去看假山，不看月娘，也不说话。

"小草呀，"月娘摇着她，"你知道吗？你这个样子，真让老爷和太太痛彻心扉呀！以前他们没有承认你，没有收留你，实在因为那天的场面太悲惨了呀！孩子啊，你不可以这样记仇……你要知道，现在的老爷和太太，是多么后悔，多么渴望你喊他们一声爷爷奶奶呀……"

"我不要听！"小草挣脱了月娘，身子往后一退，"我什么都不要听！""你怎么可以这样呢？"李大海也捉住了小草，"你不认爷爷奶奶，怎么对得起你死去的爹？"

"我不知道！"小草伤心地喊了出来，"你先告诉我，怎样能让我娘认我？我这样一声声喊娘，娘都不认识我！我为什么要认爷爷奶奶？等我娘认识我了，我才要认他们！"

喊完，小草一转身，就又奔回漱兰房里去了。

小草不肯认爷爷奶奶，漱兰不肯认小草，傅家的悲剧，似乎还没有落幕。但是，世纬和青青，已经无暇兼顾小草，离愁别绪，将两人紧紧缠住了。

学校放寒假了。连日来，青青帮着世纬收拾行装。一件件衣服叠进箱子里，一缕缕愁怀也都叠进箱子里。傅家两老和小草，都知道世纬终于要回去了。以前小草总是哭着不许大哥走，但她现在有了漱兰，全心都在漱兰身上。这样也好，可以减轻她的离愁。对于世纬的离去，她只是不住口地说：

"你要发誓，过完年就回来，好不好？你如果不回来，青青该怎么办？学校该怎么办？"

"我跟你发誓，"世纬郑重地说，"我一定回来！过完年就回来！别说青青和学校，就是你和你娘，傅家每个人，绍谦和石榴……这所有所有的人，都牵引着我的心！我一定会回来！"华又琳见归期在即，显得十分兴奋。她自始至终，都是莫测高深的。她参与了傅家许多故事，也和傅家每个人都做了朋友，她最喜欢的人，却是月娘。她对世纬说：

"傅家每个人都有故事，只有月娘的故事，藏在最底层。想想看，这样一个女人！十年间，侍候着瞎眼的女主人，暗恋着暴躁的男主人，最后，心甘情愿地做第二房！仍然忠心如一地，几乎是满足地效忠着傅家！月娘，实在是个奇怪的女人，她把中国传统的美德全部吸收，然后不落痕迹地，一点一滴地释放出来，不知不觉地影响着周围的人。……哦，我佩服月娘！"世纬注视着她，不知道她是不是有言外之意。对华又琳，他真是轻不得重不得，简直不知怎样是好。但是，又琳这番话，却使他心有戚戚焉。事实上，和华又琳相处越久，他就发现她的优点越多。除美丽大方之外，她还有透彻的观察力，深刻的领悟力。这样敏感的女子，怎会对青青的存在这样淡然处之？简直是不可解！

"又琳，"他忍不住诚挚地开了口，"你这么纤细，这么聪明，又这么解人……你对我，一定了解了很多很多。这些日子来，我们卷在傅家的故事里，几乎没有时间面对自己的故事。现在，我们要回到北京，要面对双方的父母，你心里，到底有什么打算呢？""你呢？"她反问，灼灼逼人地盯着他，"你又有什么打算呢？""我……"他欲言又止，"我真的是好为难！"

"你为难，因为你想逃掉我这门亲，却又怕伤了我的自尊，违背了你的爹娘？"她率直地问了出来，立刻，她就笑了，"何世纬，你知道你这个人的问题出在哪里吗，你连独善其身的本领都没有，你却想兼善天下！你不想伤害任何人，却往往伤了每个人！你要顾全大局，却会顾此失彼！小心小心，何世纬，你一个处置不当，就会变成孤家寡人哟！"

世纬怔了怔。"你的意思是……"他很糊涂，弄不清楚状况。

"我的意思是……"她很快地打断他，"现在说任何话都太早，我们要结伴回北京，这漫长的旅途，我不想跟你弄成红眉毛绿眼睛的！你放心，我绝不是纠缠不清的人，但是，我华又琳要的东西，我也不会轻易放掉！至于你是不是我要的，还尚待考验呢！总之，我们的婚事，不妨到北京再说！"

这次谈话，就这样结束了。世纬发现，他拿所有的人都有办法，就是拿华又琳，一点办法都没有。

这天，已是岁尽冬残，天气好冷。小草和朱嫂，一边一个，扶着漱兰去花园里晒太阳。这天的漱兰精神很好，眼睛骨碌碌地东转西转，对周围的事物，显得十分好奇。

"娘，你累不累，要不要坐下来歇会儿？"小草问。

漱兰低头看着小草，这些日子来，她已习惯了小草。她的神志，仍然飘荡在一个不为人知的世界里，但她熟悉了小草的声音，小草的笑容，小草温暖的拥抱，和小草的热情。她低头看着她。一阵风过，小草额前的刘海飘拂着，她伸手去抚摸那刘海，这一抚摸，就发现小草额前被撞伤后留下的疤痕。她急忙蹲下身子，对那早已愈合的疤痕拼命吹气，用手拼命去揉着："怎么受伤了？"她问，"痛不痛？痛不痛？我给你吹吹，吹吹就不痛了！"小草太感动了，热泪全往心里涌去。

"外婆！"她激动地喊，"娘，她会心疼我了！"

朱嫂看着她们两个，深深为之动容。

漱兰吹完了，站起身子，忽然又解下自己的围巾，给小草围在头上，她围了个乱七八糟，差点把小草窒息了，小草却站着，动也不敢动。"风吹头，会受凉的！"她说，"围巾给你！把头包起来！不要受凉了！"小草把围巾拉下去一点，露出嘴来，又喜悦地喊：

"外婆！娘，她会照顾我了！"

"手套手套！"漱兰扯着自己的手套，"手套也给你！来！戴手套……"小草握住了漱兰忙乱的手，抬起头来，她满眼闪着光彩，注视着漱兰，用充满渴盼的声音，问：

"娘，你这么疼我，你知不知道我是谁呢？"

漱兰羞涩地笑了笑。"你是小草……"她慢吞吞地说。

小草一颗心提到了喉咙口，眼睛瞪得好大好大。朱嫂用手一把蒙住嘴，几乎哭出声音来。孰料，漱兰却继续说了下去："我也有一个小草，只有这么大！"她比了比大小，就着急地回头看，"小草会不会哭啊？她一个人在房间里，怎么办啊？"小草好生失望，眼泪就掉了下来。

"娘，"她悲哀地说，"我要对你说多少次，你才能明白，我就是你的小草呢？"漱兰见小草哭了，就急急地去揉她的手和胳臂：

"还冷啊？是不是？"她问，一急之下，把自己的棉袄也脱了下来，直往小草身上包过去，"穿棉袄，穿了棉袄就不冷了！不哭不哭，不哭不哭……"她蹲下身子，去给她拭泪，手忙脚乱地，棉袄也掉到地下去了。

小草见漱兰这样照顾自己，一时间，热情奔放，无法自已，她紧紧地把漱兰一把抱住，激动地说：

"我不冷了！我好暖和好暖和，娘！虽然你还是搞不清楚我是谁，不知道我就是你真正的女儿，可是看到你这样子关心我，心疼我，我心里面就觉得很温暖，很有希望。我相信你总有一天会认得我的，我不急，我可以等！娘，我们一起等吧！"朱嫂站在一边，早已泪痕满面了。此时，振廷、静芝、月娘、世纬、青青等一行人，从回廊下面走了过来。

"小草啊，"静芝颤声说，"你娘虽然心里还是不清不楚，但是，她已经接纳你了。你呢？你要多久，才能接纳我们两个呢？"小草低下头去，默然不语。

漱兰的注意力，被静芝吸引了。见静芝伛偻着背脊，颤巍巍地走来，她立刻防备地后退了一步。眨了眨眼睛，她再看静芝，发现静芝在寒风中瑟瑟发抖。她微微地怔了怔，就跑了过去，拾起地上的棉袄，很快地给静芝披上肩头，嘴里叽叽咕咕地说："穿上穿上，不能受凉，受了凉会咳嗽！赶快穿上！穿上就不会发抖了！"静芝整个人愣在那儿，震动得无以复加。这是漱兰首次对外界表现出温情。静芝用手紧紧攥着棉袄，注视着形容憔悴的漱兰，眼中逐渐凝聚了泪。她点点头，用充满感性的声音，说了三个字："媳妇儿！"

这声"媳妇儿"，经过了漫长的十余年，总算叫对了人。朱嫂被这三个字震动了，扶着漱兰，她心中翻腾着酸甜苦辣各种情绪，使她完全无法言语。小草仰着头，用无比期望的眼神，凝视着漱兰。希望这三个字能使她有所醒觉。但是，漱兰无反应，带着个痴痴傻傻的笑，注视着天空中一只飞去的鸟，神思恍惚地说："鸟、鸟……春眠不觉晓，处处闻啼鸟！"原来，她在背诵元凯教她念过的诗！振廷站在那儿，呆呆地看着这一幕。在他眼前，有四个女人：心力交瘁的朱嫂，饱受折磨的静芝，神志不清的漱兰，和尝尽苦难的小草。他在刹那间就情怀激荡，热血沸腾了。他向这四个女人伸出手去，哀恳般地喊着：

"我们是一家人呀！本来该亲亲爱爱地生活在一起，享尽人世间的温暖和幸福！是我的固执和偏见，我的错误，造成这么多的悲哀和伤害，这么多的生离和死别！这些都是我的错！我对不起你们呀！朱嫂、静芝、漱兰、小草！请你们原谅我吧！"朱嫂落下泪来。静芝握住了振廷伸出来的手，激动地喊了出来："振廷，你受的煎熬，不会比我们任何一个人少！我……已经原谅你了！但是，小草……她不肯原谅我们啊！"

小草抬起满是泪痕的脸，情绪激动到了极点，张开嘴来，她想喊，却喊不出声音。世纬和青青站在回廊下，此时已忍耐不住，世纬冲口而出地说：

"喊啊！小草！你想喊什么？喊出口来呀！""是啊！"青青迫切地接了口，"那个跟着我流浪的小草，是个好心肠的女孩儿，不会这么狠心的！"

小草回头，看着世纬和青青，她向他们两个人奔过来，求助似的喊："大哥……""不要叫我大哥！"世纬把她推了开去，"现在叫得如此亲热，说不定有一天，心狠下来谁也不认！"

小草被世纬这样一推拒，大受伤害，惊慌失措，她转向了青青，去抓青青的手："青青！"青青和世纬交换了一个眼光，立刻甩掉了小草的手。

"不要到我身上来找安慰，我和你大哥一样，在生你的气！"小草急坏了。"你们为什么这么凶嘛？为什么要生我的气嘛？"

"哦！我已经憋得够久了！"世纬大声说，"打从身世一说穿，你不肯认爷爷奶奶，那时候我就想骂人了！可是不忍心，舍不得，而且我相信以你的聪明解事，自然会渐渐觉悟，谁知道你始终是这个样子，怎么能让我不生气？你变得这么残忍，这么狠心，简直让我对你失望透了！"

漱兰被世纬的声色俱厉惊动了，她瑟缩地往后退，非常害怕地说："娘！我们回家去吧！"她扯着朱嫂的衣袖，"走吧！娘，咱们快走！"小草回身，抱住了漱兰。"这里就是家了！"她大喊着，哭着，"娘，你，我，和外婆，都已经有家了！我们再也不走了！"她一抬头，对振廷和静芝，哀声地喊出来："爷爷！奶奶！我是爱你们的呀！我虽然不开口喊，可我是爱你们的呀！爷爷，奶奶啊！"

振廷冲过去，把小草拥入怀里，顿时老泪纵横。

"孩子啊！"他喊着，"你这一声叫得艰难，我们也听得可贵呀！"祖孙五人，终于紧拥在一起了。漱兰虽然有些瑟缩，但是，被小草那样热烈地挽着，她也就柔顺地接受了。

世纬和青青，安慰地互视了一眼，两人眼里都漾着泪，两人也都微笑起来。

第二十二章

终于到了离别的前一晚，世纬和青青，真有说不完的离愁别绪。青青拿了一个荷包，上面绑着红绳子，举起来给世纬看："我给你做了一个荷包，我要你贴身戴着，就像小草戴着她的荷包一样！""里面有东西吗？"世纬问。

"有！"青青打开荷包，倒出里面的东西，一条金链子，一副金耳环，一个金手镯，还有一张平安符，"这个平安符，是我去大明寺为你请来的，你随身戴着，让神明保佑你平安地去，平安地回来！这些首饰，你记得吗？我们第一次见面的时候，我曾经拿这些东西向你当当，这是我仅有的一些首饰，那天你不肯当，这些东西就一直在我身边！"

第一次见面！奔驰的马车，追来的人群，新嫁娘装束的青青，叽叽呱呱的小草，要当当的首饰……一时间，旧时往日，如在目前。相遇那一天，好像还是昨天一样，怎么倏忽之间，就要离别了呢？世纬真是愁肠百折。

"青青，"他握住青青的手，"这是你全部的家当，你不留在身边，给我干什么？""你这一路上，又是船，又是车，中间有一段还要走路……你在立志小学教书，没有什么薪水，那个华……华又琳身上有没有钱，也搞不清楚，即使有，你也不好用她的。虽然老爷给了你一些盘缠，你推三阻四，只拿了一半。我想，万一你在路上缺钱用，岂不是糟糕，所以，这个给你藏在身上，有需要的时候，卖了它好应急！"

　　世纬又感动又激动："这万万不可！""你别'万万'不可了！"青青急了，"我是'万万万'要给你的！'万万万万'要给你的！我在傅家庄，有老爷、婆婆、月娘照顾着，不缺茶不缺水，你出门在外，谁来照顾你？"

　　"好好好，我收，我收着！"世纬连忙说，"你不要急！让我贴身放着，反正过完年就回来了！让它成为我带走的一件信物。我带走了它，必然要带回它！带回它，连同我自己，一起交还给你！""你说的！"青青感动至极地喊，"这是你说的！说过的话，不能赖也不能忘的！""不会赖，也不会忘！"世纬解开领口的扣子，把荷包挂在脖子上，塞进衣服，贴身放好，用手紧紧地压在胸口的荷包上，"这是一个好沉重的荷包，这也是一份最甜蜜的负荷！青青，让我再告诉你一次，短暂的离别，只为了长久的相聚！让我们一起来忍受这种痛苦，你知道，煎熬越多，痛苦越深，将来的甜蜜和欢乐也就越多！"

　　"可是，"青青担忧极了，"你这一路上，和华……华又琳在一起，只怕你就会……你就会……""你以为我是见异思迁的人吗？"

"不是的！"青青喊，"回到北京，你要面对好多好多问题呀！你爹你娘，他们不会轻易放过你的！你出来了快一年才回去，总不能一回家就和爹娘闹革命，所以……我要告诉你的是：如果你有什么不得已的决定，我会……我会心甘情愿地接纳，我会的！我会的！"

"青青！"世纬震动地说，"把北京留给我吧！让我去面对那一切吧！你只要等着，等我拿答案来面对你吧！反正，你心里要说的话，我都懂了，全懂了！"

"你一定要尽早回来呀！"青青千叮咛，万嘱咐，"我会一天天数日子的！""我也会一天天数日子的！"

两人真是"剪不断，理还乱"，难舍难分。就在这时候，华又琳敲敲房门，走进来了。

"世纬、青青，"她笑嘻嘻地说，"我不耽误你们两个话别的时间，讲几句话，我就走！月娘给咱们北京两家长辈，带了好多吃的喝的，我还没收拾好行李呢！"她从怀里摸出一张十行信纸，上面洋洋洒洒地写了好多字。她把信纸交给世纬："我把你这大半年来的所行所为，归纳出十大罪状，写出来给你看看！""十大罪状？"世纬错愕地说，接过信笺，"你准备回北京，跟我算账吗？""是啊！总要给我爹娘，和你爹娘一篇报告，这就是我的报告！你不妨念出来给青青听一听，看有没有冤枉你的地方？"

世纬打开信纸，念了出来："一、任性而为，不顾父母。二、患得患失，举棋不定。三、随波逐流，随遇而安。四、顾此失彼，优柔寡断。五、自命风流，到处留情。六、将错就错，当断不断。七、拖拖拉拉，牵牵绊绊。八、不曾自扫门前雪，管尽他人瓦上霜。九、理不直偏偏气儿壮，心不正所以影儿斜。十、经常乱发恻隐之心，随时陷入困兽之斗。结论：匹夫之勇，自不量力，误己误人，罪莫大焉。"世纬念完，抬起头来看着华又琳，心里涌上一阵啼笑皆非的感觉。但是，对于这"十大罪状"，竟有些知遇之感。尤其第十条"经常乱发恻隐之心，随时陷入困兽之斗"，把他个性上的缺点，简直是一针见血地揭露出来。至于"理不直偏偏气儿壮，心不正所以影儿斜"，就有点"欲加之罪，何患无辞"了。他瞪着华又琳，又皱眉又瞪眼，最后，却失笑了。"好，"他认罪地说，"我有十大罪状，怎样呢？"

"是啊！"青青着急地接话，她对这"十大罪状"，实在听得糊里糊涂，却生怕这些"罪名"，让世纬回到北京之后，没有好日子过，"你收集了这些罪名，要做什么呢？"

"我要做什么吗？"华又琳看看世纬，就掉转目光盯着青青，"我说过，我要给这个人打一打分数。现在，我终于把分数打出来了！青青，我告诉你，何世纬在我的评分下，是根本不及格！"青青绷紧的情绪，骤然放松了。悬在胸中的一块大石头，终于落地。这才明白过来，华又琳在这离别前夕，送来这"十大罪状"，分明是给她的一颗定心丸呀！她目不转睛地看着华又琳，心潮澎湃，说不出自己对她有多么感激。这个华又琳，实在是个奇女子呀！如此高贵，如此聪明，如此潇洒，又如此解人呀！让她和世纬一路同行到北京，希望他们之间，没有故事，没有火花，似乎也是件不太容易的事呢！她刚刚放松的情绪，就又开始紊乱了。

"好了！你们继续话别，我去收拾行李了！"

华又琳翩然而去。青青掉头看世纬，见世纬一脸的佩服与感动，望着华又琳的背影发怔，她就更加心绪如麻了。

第二天，世纬和华又琳动身回北京。

青青、小草、绍谦、绍文、石榴、振廷、静芝、月娘全都到码头上送行。华又琳和世纬好不容易，才跨上了一条小船，这条小船要划到运河中央，把他们送上大船去。所有的旅客，早已陆续上大船了，世纬他们的行李，也早已送上大船了，只有他们两个，因为每个人都有那么多的"叮嘱"，所以，是最后送上大船的旅客。两个人站在小船上，还不住地对岸上众人挥手，而岸上的人，一面拼命挥着手，一面开始对世纬喊话。"过了元宵节，你如果还不回来，我就带着青青、石榴、绍文、小草……全体杀到北京去！我是言出必行的！你听到没有？"绍谦喊。"听到了！听到了！"世纬喊着。

"不要忘了我们啊！"绍文挥手大喊。

"一定要回来啊！"小草跳着脚喊。

"到了北京要写信来啊！"静芝喊。

"见到爹娘帮我们问候啊！"振廷喊。

"路上要保重啊！"月娘喊。

"自己照顾自己啊！"石榴喊。

"……"大家你一言，我一语，喊得热烈极了。

大船忽然拉起了汽笛，沉重的汽笛声把所有的喊声都打断了。小船缓缓向大船移去，由于水流的关系，小船沿着岸边划了一段。青青眼看小船将去，心中一急，千言万语，全涌向喉咙口。她身不由己，沿着岸边，追着小船跑了起来。一面跑着，一面疯狂地喊了起来：

"世纬，路上一定要小心，不要跟人打架啊……"

"知道了！回去吧！"世纬拼命挥着手。

"在路上不要管闲事啊……"青青再喊。

"知道了！我有前车之鉴，不会再犯！"

"你的腿受过伤，不要走太多路啊……"

"知道了！""你的棉袄，在蓝色的背包里啊……"

"知道了！""你最爱穿的白毛衣，在红色的箱子里啊……"

"知道了！""早晚天凉，一定要加衣啊……"

"知道了！""回到北京，不要跟你爹娘吵架啊……"

"知道了！""不管是怎样的结果，你一定一定一定……"青青流下泪来，用全力喊出，"要回来啊……"

小船离岸已远，此时，世纬忽然回头，对船夫急急讲了几句话。那小船就掉转了头，又往岸上划回来了。岸上众人还在拼命挥手，见船往回划，人人惊愕。

"忘了一件最重要的事！"世纬对青青喊着。

"怎样了？怎样了？"青青慌乱地问，连忙跑下一段台阶，站在水边上，"所有的东西，都帮你装箱了，忘了什么呢？"

小船往岸边靠近，世纬伸长了手给青青，青青不明就里，也伸长了手给世纬。小船又靠近了一些，两人的手终于接触了。世纬大喊了一声："忘了一个人啊！与其这样牵肠挂肚，不如一起装箱，随我去吧！"他用力一拉，青青身不由已，竟从岸上跳进船里去了。世纬喘着气，热烈地盯着她，毅然决然地说：

"让我们三个，一起去面对我们的问题吧！人生短得很，没有多少时间，让我们浪费在离别上！即使是短暂的离别，我们也免了吧！青青，跟我一起回北京，你盯着我，看着我，免得我在路上，又去捡一个大麻烦小麻烦！"

青青狂喜地抬着头，狂喜地紧盯着世纬，恍然如梦。简直神志都不清了。小船已离开岸边，又往大船的方向划去。世纬抬头，对岸上的人大喊：

"各位，我把青青带走了，过完年以后，我们再一起回来！"

事出仓促，岸上众人太意外了。大家瞪大了眼睛，全呆住了。好些时候，没人说话。然后，绍谦整个人跳了起来，双手握拳，向空中伸出，爆发般地欢呼出声：

"哟呵！何世纬，咱们兄弟一场，只有今天，我对你心服口服！"岸上众人，这才醒悟过来，哗然叫好。挥手的挥手，跳脚的跳脚，喊话的喊话，欢呼的欢呼……一时间，群情激昂。小草疯狂般地跳着，挥舞着双手，喊得喉咙都哑了：

"大哥，青青，你们两个可不能丢掉小草啊！我们三个是在一起，不分开的啊！我会在扬州天天等你们啊！虽然我已经有家了，可我还是爱你们啊……"

小船离岸已远，青青仍然像在梦中一样，完全不能相信这件事实。华又琳看看她，就掉头去看世纬。

"何世纬，我告诉你！"她清清楚楚地说，"昨晚我公布你十大罪状，已经给你评了分数，根本不及格！但是，你刚刚这样伸手一拉，当机立断，拉得太漂亮了！我又把你的不及格跳到了八十分！现在，你及格了！也对了我的胃口了！"

哎呀！不好！青青心中猛地一跳。怎么又及格了呢？这岂不是弄巧成拙？那要怎么办？她心慌意乱地抬眼去看华又琳，只见华又琳含笑而立，衣袂翩然，一副胸有成竹的样子。她实在弄不清楚华又琳这个人。但是，她也顾不得华又琳了，见岸上诸人，越来越小，她终于体会到，自己将随世纬一起去了。"再见！再见！"她对岸上挥手，喊着。

"再见！再见！"岸上喊了回来。

忽然间，岸上有一阵骚动。他们定睛看去，只见小虎子带着立志小学的众学童，全赶来了。"何老师！华老师！再见！再见！"孩子们大喊着。

"再见！再见！"他们大喊着。

然后，孩子们齐声唱起歌来了：

我们来自四面八方，欢欢喜喜上呀上学堂，
说不出来心里有多么欢畅，
你是个小小儿郎，我是个小小姑娘，今天高高
　兴兴聚一堂，
最希望，最希望，老师慈爱，笑口常开，
轻言细语如爹娘！
天上白云飘飘荡荡，大地一片绿呀绿苍苍，

老师啊我们爱你地久天长，

看江水正悠悠，看帆影正长长长，我们排着

　　队儿把歌唱，

真希望，真希望，没有别离，没有悲伤，

永远相聚不相忘！

　　华又琳太感动了，泪水终于夺眶而出。她拭去了泪，抬头看着世纬和青青，笑着说：

　　"他们在唱我教的歌。"

　　世纬对她深深地点了点头。

　　"他们爱你！"他说。华又琳也点了点头，十分动容地说：

　　"我爱他们！"想了想，她热情澎湃地再加了一句："我爱你们！我爱傅家庄的每一个、每一个人！"

　　世纬和青青都震动着，痴痴地看着岸上。

　　孩子们继续唱着歌，大人们继续挥着手。小船，渐渐远去了。人类的故事，永远无休无止。扬州傅家庄的故事，终于告一段落，至于遥远的北京，等着世纬、青青，和华又琳的是什么呢？那，是另外一个故事了——

——全书完——

　　一九九二年一月八日完稿于台北可园
　　一九九二年一月十七日修正于台北可园

（京权）图字：01-2025-0195

图书在版编目（CIP）数据

青青河边草 / 琼瑶著 . -- 北京：作家出版社，2025.1.
（琼瑶作品大全集）. -- ISBN 978-7-5212-3236-3

Ⅰ. I247.5

中国国家版本馆 CIP 数据核字第 2025JS4508 号

青青河边草（琼瑶作品大全集）

作　　者：琼　瑶
责任编辑：赵文文
装帧设计：棱角视觉　纸方程·于文妍
责任印制：李大庆　金志宏
出版发行：作家出版社有限公司
社　　址：北京农展馆南里 10 号　　　邮　　编：100125
电话传真：86 - 10 - 65067186（发行中心）
　　　　　86 - 10 - 65004079（总编室）
E - mail: zuojia@zuojia. net. cn
http: // www. zuojiachubanshe. com
印　　刷：河北京平诚乾印刷有限公司
成品尺寸：142 × 210
字　　数：118 千
印　　张：6
版　　次：2025 年 1 月第 1 版
印　　次：2025 年 1 月第 1 次印刷
ISBN　978 - 7 - 5212 - 3236 - 3
定　　价：2754.00 元（全 71 册）

品　琼　瑶　经　典

忆　匆　匆　那　年

琼瑶作品大全集